JN044134

京極夏彦

狐花（きつねばな）

はもみずにあのよのみちゆき

葉不見冥府路行

角川書店

狐花

葉不見冥府路行

狐花❖目録

死人花

夜の一面が、紅い。

禍禍しい程の紅に挟まれた径を、その人は歩いている。

径は、まるで血で染め上げられた布に引かれた一本の玄い筋である。

この地を埋め尽くす赤色は、まさに血の色である。地の下には屍が埋まっているのか。

骸から血潮を吸い上げて咲くからこんなに赤いのか。この赤は——花である。何処までも花が咲き乱れている。

その人は白い面を被っている。死人の花だ。

狐面である。尖った耳と吊り上がった眼——狐の顔だ。

紅の海を二分する黒い筋のその先には夜天が広がっている。星はない。それは高い雲に覆われた絶望の如く黒い空である。紅蓮の大地と昏黒の天空の端境を、その狐は進んでいる。

やがて黒く延びた筋のその先に、朧な燈がぽつんと点った。

滲んだ燈の中心には五芒の星が浮かんでいる。

その燈は——提燈なのだった。

提燈を手にしているのは、影である。仄かな光に照らされて尚、その男は漆黒を纏っていた。

影の両脇に、瞑き空より尚暗い二本の柱が浮かび上がる。

鳥居である。

朽ちかけた鳥居の下に闇を纏った男が立っている。

狐は、男の前まで進んで、止まった。

影は提燈を顔の辺りまで掲げた。

狐はその星の印を見詰める。

「道をお開けください」

「それは出来ませぬ」

「扨、何故に」

影は提燈をすうと下ろす。

黒羽二重に黒袴、黒手甲に黒の下駄、緋色の半襟だけが映えている。

「此処より先は神域に御座いますれば、お通しする訳には参りません」

澄んだ頻闇に能く通る声音である。

狐はゆっくりと顔を背けた。

「これは異なことを仰せにならるるお方じゃ。そもそも其方様は何故に斯様な場所に御坐すのか。其方様がお守りになられるお社は、此処では御座いますまいに」

「然れば。私が何者か——御存じなので御座いますね」

八

狐は更にその面を横に向けた。

「勿論存じ上げております。其方様は往時の陰陽師、安倍晴明公をご祭神に戴く武蔵野のお社の、宮司さまでは御座いませぬか」

「宮司でも禰宜でも御座いませぬ。私はただの宮守。いえ」

しがなき憑き物落としに御座いますと、男は言った。

すうと上方から明かりが差した。

絶望の如き黒夜が割れて、太陰が顔を覗かせたのだ。差し込んだ淡い光の筋が影の顔を皓と照らし出した。

「憑き物落としと仰せか。言の葉を操り、非を断ち理を通し、蒙を啓き怪を退け、ありとあらゆる邪を退け魔を封ずる、畏いお方とお聞きしておりますが」

「それは買い被り。私はただの拝み屋。毛坊主竈祓いの類いに御座いますよ」

「それでは問いましょう。その憑き物落とし殿が、何故にこの朽ちた破れ社の前にお出でで御座りましょうや。この地は、尸林に御座いますぞ。この足下の大地には、数多の死人が埋まっておるので御座います。太古よりの幾星霜、此処は無縁の骸の棄て処。此処は弔われぬ屍で出来上がった土地も御座います。ご覧あれこの——」

狐は背後に広がる紅の海を示す。

「死人花を」

ふうと風が吹き、血の海はさわさわと波立つ。

「斯様（かよう）に忌まわしき悪所に、其方様は何を為（し）にお出でで御座いますか。この先の社は、今や参る者とてなき荒れ祠（ほこら）。何を祀（まつ）ったものかも判らぬ始末。尊き神霊（もの）は既に居（お）られず、邪気湧き出で精魅（せいみ）棲（す）み付く凄（すさ）まじき有り様。其方様の如きお方が立ち寄られる処では御座いますまい。それとも――」

赤い花。

「これなる無数の骸の無念でもお晴らしになるおつもりか」

男は笑った。

「死人を弔うは仏者の役割。私には叶（かな）わぬこと」

「それではお立ち去りくだされ」

そうは参りませぬと男は言う。

「お通しくだされ」

狐は男を除（よ）けようとする。

男は狐の腕を摑（つか）み引き寄せた。

「お放しくだされ。何を為（な）さいます」

男は狐の面に顔を寄せる。

「貴方（あなた）様こそ、その破れ社で何を為されようというのですか」

「此処は我（わたし）の故郷のようなもの。狐が巣に戻っただけのこと」

「戻られて何を致されるか問うております」

「其方様には関わりなきこと」

「いいえ。関わりは御座います。貴方様は其処な社に参り、しかる後に」

命を絶たれるおつもりで御座いましょうと男は言った。

狐は面の奥の眼で男を睨み付けた。

「何故にそう思われまするか」

「扠。凡ては証なき当て推量。しかし」

男は背後に目を遣る。

「其処なお社、其方は空家の如く仰せだが、そうではありますまい。古記録を覧るに、元は稲荷大神をお祀りされておられたご様子」

「ならば――何か」

「今のご祭神は仏家の謂うところの、荼枳尼天で御座いましょう」

「扠――我は存じませぬ」

狐は顔を背けた。

「荼枳尼天は、その法を修るならば、どんな者の、どんな願いをも聞き届ける神であると申します。故に外法の本尊ともされるもの。またこの神は、修験に於ては飯綱権現と習合し、稲荷大神とも同体とされるものに御座います」

「そうなので御座いますか。ならば、そうなのやもしれませぬなあ。仰せのように此処が稲荷社であったなら、元よりお祀りしていたことになりましょう。そうだとして」

だから何なので御座いますかと狐は言う。

だからこそで御座いますよと男は返す。

「荼枳尼天は仏者が伝えた神。仏法に於(お)ける荼枳尼天は本来、閻魔天(えんまてん)の眷族(けんぞく)である奪精鬼(だつしょうき)。更に遡(さかのぼ)るなら、それは尸林に巣くい人を喫(く)らう、女人(にょにん)の夜叉(やしゃ)」

「夜叉——とな」

「荼枳尼天は悪心邪願をも叶える神。その後ろには常に死の影が差す。そう、其処なる神は、願えば人の命も奪うものに御座いましょう」

「其(そ)は便利な神じゃ。願えば人も殺してくれようか」

「いいえ」

男は狐の腕を引き身を寄せる。

「神仏は願いを聞いてはくださいまするが、その願いを叶えるのはあくまで人。願掛けも、神頼みも、己が為さんとすることを成就させ賜(たま)えと願い頼むが本来。神威霊験は、代わりに望みを叶えてくれるようなものでは御座いませぬ」

「そうでありましょうかのう」

「そうで御座います。どれ程細(ささ)やかな願い小さき願いであったとしても、人がその手で成し遂げようとしなければ——何一つ成就するものでは御座いますまい」

「ならば其方は、神罰も仏罰もないと仰せか」

御座いますまいと男は言った。

【一二】

「神は人の生を、善心をお護りくださいましょうし、仏は人の罪を、悪心をお赦しくださいましょう。神から賜るはご加護、仏がくださいますのはご慈悲。神罰仏罰は人が勝手にそうと判じるだけのもの。何故なら」

男は狐を見据える。

「この世には、摩訶不思議なことなど」

あろう筈も御座いませぬ故と言い、黒衣の男は身を離す。

狐の腕が伸びた。手首は男に摑まれている。

「不思議なことなど——御座いませぬか」

「御座いません」

男は一際通る声でそう言った。

「人知を超えたる物事を、人が不思議と思うだけ」

そうかもしれませぬなと言って狐は顔を背ける。

「この世には、神も仏も御坐しはせぬのかもしれませぬ。では其方は、物怪もないと仰せか」

「ありますまいな」

「何も悪心を起こさずとも、悪しきことは起きまするぞ。禍は降り掛かるもの」

「謂れなき悪しきこと、理由なき禍の種を、何かに押し付けておるだけのこと」

「では冤鬼も——居らぬと仰せか」

「居りますまい」

「人は亡魂の姿を見ましょうし、それを怖れましょうに」

「それを見る者が、それを死人と判ずるだけのこと。そう判ずるは、彼の者に疚しき心がある故に御座いましょう。それが亡魂に見えるなら、見えておるのは自が心に御座います」

「疚しき己の心――に御座いまするか」

狐は笑った。

倩兮と笑って、男から身を離そうとした。

しかし男はその手を離さなかった。

「慥かにそうかもしれませぬな。神も仏もないからこそ、人は泣き、苦しみ、憎み、恨むので御座いましょう。ないものに何を願うても無駄。況てや、人の命を取ろうなどという邪なる願いは――もし神仏が御坐そうとも、如何なる神も、仏も、叶えてはくださいませぬか」

はいと男は首肯く。

「どのような願いも叶えるという荼枳尼の修法を以て為ても、それは叶いますまい」

「つまり」

人が、人の手で殺めねば――。

「人の命は取れぬと仰せで御座いますなあ。どんなに憎んでいようとも、どれ程恨んでおろうとも、どれだけ悪逆非道な者であっても――天罰も仏罰もなく、物怪も差さず、亡魂もなしというのであれば、ならば晴らせぬ恨みはその手で晴らすよりないと」

「ええ。その手ではなく」

【一四】

男は狐の腕をぐいと上げた。

「この手で」

男は見詰める。

狐は見返す。

「そうか」

狐は腕を引く。

「そうか。其方か」

男の手を振り解(ほど)き、狐は数歩後退(あとしざ)る。

「其方であったか」

狐は男と距離を保ちつつ、徐徐に右へと回り込む。

男は体の向きを変える。

「我(わたし)の仕掛けを解(と)き暴き、我が大望を挫(くじ)いたは、其方であったのか」

狐は鳥居に手を掛ける。そのまま柱の後ろに回り込む。

柱の陰から狐面が半分だけ覗く。

「後一手(ひとて)、後一突き、後一人であったものを」

何故(なにゆえ)に暴き立て、何故に救うたと狐は言った。

「其方は、冤鬼(ゆうれい)など居(お)らぬと言うに亡魂を祓うたか。物怪など差さぬと言うに祈禱調伏を致されたのか。何故に我(わたし)の邪魔をした。何故にあのような者を護った。あのような者を——」

護る価値があろうかや。

扠、と男は一歩踏み出す。

「私はただ、憑き物を落としただけに御座いますよ。申し上げました通り、私は」

憑き物落とし。

「憑き物かえ」

狐は笑った。

「そうよのう。とんだ狐憑きであったわいなあ。我が宿願が叶おうというその時に――まっこと、余計な憑き物落としじゃ。しかし、ならもう構うまい。其方の役目は済んでおる。我が死のうが生きようが、其方の知ったことでなかろう」

それは心得違いに御座いましょうと黒衣の男は言う。

「貴方が仰せになった通り、私は非を厭う。理に倣う。のみならず――私は法に従う」

「つまり、我に自訴せよとでも――」

「それは無駄なこと。貴方を罪に問うことは叶いますまい」

「その通りじゃ」

狐は柱を回り、跳ねて参道に戻った。

「ご定法で我を罰することは適うまい。我は法に触れるようなことは為ておりませぬぞ。ほうれ、ご覧」

狐は社に背を向け、男に両の手を翳して見せた。

【一六】

「この手は汚れておりましょうか」

狐は両の手を突き出す。

男は狐に向き合った。

「貴方は勘違いをなさっておられる。私は、私が法を守るのだと申し上げております」

「何と仰せか」

「私が守ると申し上げているのです。非を厭うのも理に倣うのも、それは私。凡ては私のことで御座います。人は、理を見失えば惑わされ、操られ、非に屈すれば倫を忘れ、心を盗られまする。さすれば世を見誤る。行く末が曲がる。時に死を選ぶ。斯様な迷妄に囚われた者を夢から覚ますが――私の仕事」

「それが憑き物落としと言うかえ」

「然様に御座る。目の前に、迷い騙され惑わされ、落ちずとも良い死の淵を覗いておる者が居たならば、背を押すのではなく手を引き思い留まらせる。非を厭い理を重んじるなら何方様でもそうすることでありましょう。それだけのことに御座います」

「それが」

誰であってもかと狐は問う。

「どのような者であっても其方はそうなさるか。世を乱し人を貶める悪人であっても、其方はそれを助けましょうか」

「それが誰であっても」

男は動じずに答える。

「そう致します。仮令(たとい)、明くる日に死罪が決まっておる罪人であろうとも」

「助けましょうか」

「助けましょうな。蒙(もう)を啓(ひら)き怪(け)を退(しりぞ)けるなら。そして法に従うなら」

「それが、非を通し理を曲げ法を犯す鬼畜であっても、人の命を取り人の幸を奪う悪鬼であってもお助けなさるか」

「それが、人であるならば」

「ならば――問いましょう」

狐は社の方に後退(あとしざ)る。

「その憑き物落とし、既に終わられているのでは御座りませぬか」

答えずに、男は間合いを詰める。

「其方の仕事は終わっておらりょうに。ならば何を致しに参られた」

「申し上げましたでしょう。私の仕事は」

迷妄に囚われた者を夢から覚ますこと。

「貴方の憑き物を、落としに参りました」

「これは異なことを仰せになる。あの男に憑いておったはこの我(わたし)。我(わたし)こそが憑き物に御座りますれば、其方に祓い落とされたはこの我(わたし)。我(わたし)こそが狐。悪しき狐は――この我(わたし)に御座いまするぞ」

一八

狐は二歩三歩と後ろに下がる。

踵を返し社まで駆ける。狐にはそれが出来ない。男の目には狐を縛る毒がある。

この眼は虎か狼か。蛇に見入られた蛙の如く、狐は体を固くする。

「もう、もう良いではありませぬか。落とした狐が何を為ようが、其方には関わりなきことではありませぬか。構わずお立ち去りくださいませ」

そうは参りませんと男は言う。

「貴方は――」

命を捨てようとされていると男は言った。

「違いましょうか」

「何を証に然様なことを仰せか」

「先に申し上げました通り、凡ては証なき当て推量。ただ――死人花咲き乱るる尸林の先の茶枳尼が社、この刻限、そのお社に詣でらるるのであらば、推して知るべし。そう当たりを付けて待っておりましたところ、案の定貴方はお出でになった」

「推して知るべしとは」

「これも申し上げました通り、茶枳尼天は如何なる邪願をも叶える神。更にまた、これも申し上げました通り、その願いを叶うるは神に非ず――」

人。

「先程掲げられたその両の腕、貴方は彼の者の血で穢しなさる気では御座いませぬか」

狐は両の手を見る。

「ならば何か」

「お止めください」

「そうか。然様か。其方はあゝ、あの男の命乞いにお出でか。なる程それは当然のこと。其方はあゝ、あの、男に憑き物落としとして雇われたのであろうから、ならば主筋を護るは理に適ったこと。人を殺めるを止めるは非を封じ、法に沿った行い。如何なる悪鬼も人ならば護るという、其方の信条にも見合ったことよのう。しかし」

その頼みは聞けませぬと狐は言った。

「我がこの手を汚さねばならなくなったとすれば、それは其方のお蔭じゃ。其方さえしゃしゃり出て来なければ、何もかも上手く運んでおったものを。其方の推量通りだとして、そうなったのは其方が所為ではあるまいか。それを今更、何を仰せか」

「思い留まってはくださいませぬか」

「扨、どうであろうかのう。この先、我が何を為ようとしておるのか、それが其方の推量通りとは限らぬこと。どうであろうと、我が其方に従う謂れは」

御座いますまいと言い、狐は身構えた。

「この先我が何を為ようとも、其方の知ったことではありますまいに。そう、其方が我に差し出口をするのであれば、此方からもご助言致しましょうや。憑き物落としとやらが済んだのであれば、あゝ、あの男と関わることをお止めなされよ」

男は何も言わない。

ただ狐を見ている。

「其方程の者であらば、あの男がどのような者であるかは疾うに存じておられる筈。それでも一度関わった以上は護るというのであろうけれども、あのような者と関わり続ければ――」

地獄に堕ちまするぞと狐は言った。

「地獄に御座いますか」

「地獄じゃ」

地獄に行こうとしておられるのは貴方の方ではありませぬかと男は言った。

「我は、もう先から我は地獄に生きておりまする」

「そうであったとしても、貴方が歩もうとされているこの道は」

男は指差して先を示す。

「奈落へ通ずるだけの道。貴方が進まんとしておらるるのは――冥土への道行きではありませぬか」

ならば。

「ならば何かと問うておる。其方には関わりなかろうと申し上げておる」

狐は漸く体を返した。

進もうとするその体を男は抑えた。

「私は貴方を死なせたくない」

「何を仰せか」

「そのために待っていたのです」

「離しやれ」

「いいえ。彼の者をその手にお掛けになったなら、貴方は召し捕られましょう。その場は遁げ遂せたとしても、後は御座いますまい。これまでとは違いましょう。お縄になれば獄門打ち首は免れぬこと。いいえ、貴方はそのまま」

死を選ぶおつもりでしょう。

「選ばずとも首を打たれように。ならば」

「今ならばまだ引き返せると申し上げております」

「引き返せとな」

「貴方が仰せになった通り、今ならば貴方はご定法を犯してはおりませぬ。貴方の為たことは赦されぬことかもしれませぬが、少なくとも法は貴方を裁けない。ですから」

引き返すのですと男は言った。

「貴方の仰せになった通り、彼の者は悪辣なる者。非道なる者。非を通し理を曲げ法を犯す鬼畜。そのような者のために、貴方が黄泉路を辿ることなどない」

「其方に」

其方に何が解る。

解りまするると男は言う。

【二二】


「思うに、誰よりも」

「ならば何故に暴きやった。頼まれたからかえ」

狐は無理にも歩を進めようとする。

男は強く押さえ付ける。

「此度のことが貴方の仕業であることを、既に彼の者は気付いております。ならば、法が裁かずとも貴方は彼の者に裁かれてしまうやもしれぬ。私怨による裁きは法に背くこと。だが私はそれを阻止する術を持たない。貴方が何も為なかったとしても、貴方の命は取られてしまう。」

「お逃げください」

「逃げろと仰せか」

「お命大切」

「それは」

狐は男に向き直る。

男の背後は血の色を湛えた死人花の海である。雲の切れ間は更に開き、皓皓と輝く銀兎に照らされて、その紅は益々紅い。その赤の中、男は一層に黒かった。

「それは、其方の信条に反することではないのか」

「いいえ。貴方はご定法では裁けない。法に倣うなら貴方を罰することは出来ません。その貴方を彼の者は狙っている。そして貴方もまた、彼の者を狙っておられる」

「しかし。しかししかし」

「貴方が殺せば貴方も死ぬ。貴方が殺さずとも、貴方は殺される。それは、いずれも避けるべきこと。あってはならぬこと。貴方がこのまま姿を隠すこと以外に、そのあってはならぬことを防ぐ道筋は御座いません」

お逃げくださいと男は繰り返した。

逃げられませぬと狐は答える。

「天罰もない。仏罰もない。物怪も差さず亡魂もない。凡て其方が消してしまった。而して彼の者には法も届かぬ。ならばこの手で――」

男は再び狐の腕を摑んだ。

「お止しください」

狐は一度男の顔を見返し――。

その手を振り払って、社目掛けて駆け去った。

【二四】

墓花

卒塔婆に蝶が留まっている。

風に乗るようにその蝶はひらひらと飛んだ。

髪一筋も戦がぬ程の風であったのに。重さがないかのようである。

その蝶を追うかのように、五輪塔の合間を艶やかな着物が足早に進む。これもまたひらひらと、右へ左へ向きを変え、まるで風に飛ばされたかのようである。

お嬢様お嬢様お待ちくださいという、嗄れた声がそれを追い掛ける。

先を行くのは作事奉行上月監物の一人娘、雪乃である。跡を追うのは雪乃お付きの女中、松である。雪乃は十七、松は既に五十の坂を越えている。

「此処は墓所で御座いまするぞ。そのようにお走りになる処ではありませぬ。小童でもあるまいにお弁えくだされ」

「走ってなどおらぬ」

「走っておられましょうに」

「お松が遅いだけじゃ。お葉であれば何の遅れも取らぬものを」

「お葉殿とわたくしでは齢が違いまするて。わたくしは彼の者の倍も生きておるのです。お嬢様、お願いで御座いますから、そのように足早になるのはお止しくだされ。そもそも、そのお葉殿が付いて来ておらぬではありませんか。本来お嬢様のお側付き女中はお葉殿ですぞ」

「お葉は春過ぎから加減が良くないのだもの」

「ならば余計に走るのはお止めくだされ。本日は、亡き母上様の月命日の墓参で御座いましょうに。もうお参りは済んだので御座いますれば――」

「だって」

雪乃は頸を伸ばし、墓地を見渡す。

「あのお方が居たとお葉が言うたのですもの」

「そんなもの、目の迷いで御座いますよ。そのような偶然が幾度も重なる訳が御座いませぬわえ。その者は何処の誰とも知れぬ者、お嬢様はこのお江戸に一体どれだけの殿方が御坐すとお思いですか」

「この間は居らしたではないか。お前も見たのであろう」

「ですから、それが偶かのことと申しておるのです」

お松は息を切らし、両手を膝に突いて止まった。

「ただ同じ方を二度見掛けたというだけではありませぬか。何をそんなに――」

「二度あることは三度あると申すぞ」

「何度あろうと偶かは偶か。何をそのようにおはしゃぎなさる」

【二六】

「はしゃいではおらぬ」

はしゃいでおられますと松は窘(たしな)める。

「此処を何処だとお心得なさいますか。お母上様の眠る墓所に御座いまするぞ。そのような振る舞いをなさって、亡きお母上様がお悲しみあそばしまする」

私は母の顔など覚えておらぬと雪乃は言う。

「この私を育てたのは乳母であったお松ではないか」

そう言って、雪乃はくるりと体を回した。

風を孕(はら)んだ袖(そで)が五輪塔を掠(かす)める。

「育てたなどと滅相もない。わたくしはお世話させて戴(いただ)いていただけに御座います」

「育ててくれたではないか」

雪乃は悪戯(いたずら)をした童のような顔付きになる。

「母など、産んでくれただけじゃ。勿論(もちろん)感謝はしておるけれど、覚えておらぬ。母の方とて同じであろう。その手で抱いたこともないのじゃ。私が何をしようと悲しまれることもなかろう」

「罰当たりなことを仰せじゃ。お父上がお聞きになられたら何と仰せになろうか」

「父上は嫌いじゃ」

雪乃はきつい口調で言う。

「父上は私のことを狗(いぬ)か猫か、然(さ)もなくば人形だと思うておられる」

黙って行儀良くしておれば満足なのじゃと雪乃は言う。

「それこそ育てられた覚えはない。だから育てたというならお前じゃ」

畏れ多いことをお松は眉根を寄せる。

「幼き時分にお世話をしただけでは御座いませぬか。本日も、お葉殿のご様子が優れないようだったので、何かあってはならぬと念のために付いて来ただけで御座います」

「ほら」

そうして気遣ってくれるではないかと雪乃は言った。

お松は困ったような顔になる。そして雪乃から顔を背け、背後を気にした。

「それにしてもお葉殿は大丈夫であろうか」

「少し休めば良いと言うていたではないか。何かあってもご住持様がいらっしゃる」

「しかしのう」

「案ずるまでもない。それよりも」

雪乃は背伸びをし、墓の向こうの竹藪を見る。

「雪乃様。何故にそのような男に固執されますのじゃ」

「お前は偶かと言うけれど、一度ならずも二度、そして三度ともなれば、これは縁と考えるべきではないのか、お松。ならば」

そのようなものを縁とは申しませんとお松は言った。

「袖擦り合うもと申す」

「擦りおうてもおりませぬ。遠くから眺めることを縁などとは申しませんぞ」

「二度も見ておる」

「高高二度」

「二度あることは三度とも謂うではないか」

「まあまあ。ああ言えばこう言う、お嬢様も口が達者になられたもの」

お松は呆れたような言葉を発したが、その頰はやや緩んでいる。

お松は天涯孤独である。十八年前、臨月を迎えたところで連れ合いに先立たれ、授かった子も産んで直ぐに逝った。途方に暮れているところを乳母として雇われ、雪乃を十年育てた。乳を遣って育てた雪乃には、多分に情が移っている。

「それにしたとて、見掛けただけの殿方にそこまでご執心なさるというのは、この松は少少得心が行きませぬ」

お前も見たでしょうと雪乃は言う。

「あの、美しいお方」

雪乃は遠くに目を遣る。

竹藪がただ揺れている。

お松も同じ方を見た。

「遠目で御座いましたからのう。お松には何やら恐ろしげに見えましたけれども」

雪乃はころころと笑った。

「それはお松が昔者だからじゃ」

「仰る通り、松は年寄りに御座いまする。しかしお葉殿はどうです」

「お葉はお松と違うて未だ若いのじゃ。ならば気に懸けておるであろう」

「気に懸けるとは――」

「察しの悪い姥じゃ。お葉も、あのお方に焦がれておるのではないかと言うております。若き女子ならば、あのお方に魅かれぬ訳もないから」

「そんな訳はありますまいて」

「何故じゃ。それが証に、いつもあの方を目敏く見付けるのはお葉じゃ」

「それは」

怖れておるからでは御座いませぬかと松は言う。

「先程の様子をご覧になられたでしょう。彼の者の姿を認めるなりに――本当に居たのか否かは判りませぬが、指差して叫ぶなりに驚き慄かれ、眩んで倒れてしもうたのですぞ」

「それは」

雪乃はお松を見もせずに応える。

「きっと、あのお方が余りにも美しゅうて目が眩んだのではないかな」

「またそのような――お葉殿、あれは怖がられておる様子で御座いましたぞ。この松と同じく、お葉殿もあの男を酷く怖れているように――松には思えまするが」

「あれ程綺麗な殿方、何故に怖がることがあろうか」

雪乃は不服そうにお松を顧みる。

「お嬢様もご覧になられたでしょうや。お葉殿、顔の色などもすっかり抜け、歯の根も合わぬ有り様だったでは御座りませぬか」

「お葉は疾じゃもの」

「その疾の元こそがあの者なのではありませぬかな。お松にはそう思えまするが」

怪訝しなことを考えるものだのうと雪乃は言う。

「お葉の加減が悪いは、あのお方の所為だとでも言うのか」

「お松にはそう思えてなりませぬのじゃが――あの様子は尋常では御座いませぬぞ」

平気かのうとお松は寺の方に顔を向ける。

「お葉殿は――」

雪乃も体を返し寺の方を眺めた。

「心底怖れておるのです。この間も行くな追うなと言うておったし、先程も、跳ねるようにして其方に行こうとするお嬢様をきつくお止めしたではありませぬか。行ってはならぬ、あの者と決して関わってはならぬと何度も言うておりましたぞ」

妬いておるのじゃと雪乃は言う。

「何を妬きましょう」

「私があのお方に近付くのが厭なのであろう。そうに決まっておる」

雪乃は再び竹藪に視軸を投じ、上の空でそう言った。

「お葉は、あのお方に懸想しておるのじゃろう。だから私を近付けとうないのじゃ」

「お嬢様――」

お松は大きな溜(た)め息を吐(つ)いた。

「それならそれで良う御座います。しかしそうだとして、ならば此度(こたび)は幻を見たのではありませぬか」

「お松はあの方を幻と言うか。その目で見たであろうに」

「本日は見ておりませぬぞ。お葉殿が見たと言うておるだけ」

「そうじゃが――」

「此処(ここ)は墓所ですぞ。その竹藪の先は深い森では御座いませぬか。しかもその森は禁足地。人など居よう筈(はず)もない。墓参りに参じたのであれば裏の森などに行く訳もなく、また其方から来ることもありませぬ。然様(さよう)な処に居(お)るとするなら、それは」

魔性の者では御座いませぬかとお松は言った。

突然風が吹いた。

何処かに飛んで行ってしまった筈だった蝶が、風に翻弄(ほんろう)されるように戻って来て、雪乃の顔の辺りに舞った。雪乃は少しの間それを目で追って、

「ほんに、魔性の者やもしれぬなあ」

と言うと、蝶を手で追い払うようにした。

【三二】


蝶は雪乃の手の甲に当たって、舞うように落下して、墓石の奥の草に留まった。

雪乃は微笑んだ。

そして、言った。

「あのように美しい男子、この世の者ではないやもしれぬ。ほんにそうじゃ」

「何を仰せか。魔性の者であるならば、何故に斯様な刻限に現れましょうや。まだ陽も高う御座いまするぞ。狐狸が化かすは逢魔刻。死人が化くるは丑三刻に御座りましょうに」

「これだから年寄りは厭じゃ」

そう言って、雪乃は竹藪に向けて歩き出した。

「これ、お待ちなされ」

「何を待てと。この刻限なら化生のものも出ぬし死人も迷わぬと言うのであろう。ならば平気ではないか」

「平気も何も、そのようなものは居りませぬて。迷信じゃ」

「迷信ならば余計に良い。そうならお葉の目の迷いか」

本当にあのお方がいらっしゃるか——。

「ただの見間違い、お葉の見た幻ということであろう。ならば尚更のこと、平気ではありませぬか」

雪乃は竹藪に足を踏み入れる。

松は、その枯れた手を伸ばす。

「いけません。その先は入らずの森じゃ。禁足の地ですぞ」

手など届くものではない。

雪乃は揶うように一度振り向いた。

「幽霊が迷信ならば入らずの森も迷信ではないのか」

そう言うと雪乃は竹と竹の間に身を投じる。

松はその際まで進んで、足を止めた。

「どうにも困ったお人じゃ――」

竹の合間に雪乃の纏う艶やかな色が見え隠れする。

お松もお出であのお方が居たら間近で見られようにという声がする。

「雪乃様。入ってはならぬという戒めは、迷信ではなく、決まりごとですぞ。決まりごとはお守りくだされ」

雪乃は足を止めた。

「それは決まりごとを守っておるお方の娘にお言い」

「何ということを――」

「父上は能く仰せですよ。決まりごとは守るのではなく作るものだと。何とも傲岸不遜な言いようだけれど、私はそういう男の娘。大嫌いで厭になるけれど、それでも私はあの上月監物の娘なのです。禁足地に入るくらい何ということもあるまい」

雪乃は憎憎しげにそう言うと、更に奥に進む。

【三四】

松は太い竹に手を掛ける。

「お嬢様。松が入らぬ方が良いと申し上げますのは、畏(おそ)ろしいからではなく、危ないから。竹藪で駆(か)け競(くら)など、幼児(おさなご)でも致しませぬぞ。お召し物も汚れましょうに、転べば怪我を致しまするぞ。お嬢様の顔(かんばせ)に傷でも付こうものなら、松はお手討ちにされてしまいまする」

案ずるな私は平気じゃという声がする。

困り果てた松は半ば諦(あきら)め、寺の方に顔を向けた。

「お葉殿はどうしておるか。ほんに手の焼けるお嬢様じゃ」

先程草に留まった蝶が飛び立ち、松の鼻先を掠める。

途方に暮れていた松は、ついそれを目で追ってしまった。

蝶は燈籠(とうろう)の陰に飛んだ。

その、墓と燈籠の隙間に――。

赤い花が見えた。

「はて」

墓花の咲く季節ではない。誰かが供えたのだとしても、矢張り季が違う。

松は目を凝らす。

それは、花ではなく、柄だった。

淡い薄色(すすきいろ)の地に、鮮やかな韓紅花(からくれない)の墓花が染め付けられている。

「誰(たれ)か居(お)りゃるか」

松は視軸を上げる。
墓の後ろに、小姓姿の若者が立っていた。
手拭いを被り、その端を咥えて顔を隠しているが、前髪立ちであることは判る。
覗いているその顔は――。
身が凍るばかりに美しかった。
「そ――其方」
若者は唇を僅かに開いた。手拭いがはらりと下がる。
そしてその男は、笑った。
総身の力が抜けて、松は腰を落として座り込み、そして。
悲鳴を上げた。
目が離せない。
「どうしたのお松――」
竹藪から雪乃が顔を出し、そして――。
男を目にした途端、雪乃もまた眼を見開き身を固くした。
男は一礼し、赤い花を翻して、消えた。

彼岸花

手入れされた庭に、ぽつんとその花は咲いていた。

まるで水墨画に一点朱墨を差したかのようだった。

「はて」

作事奉行(さくじぶぎょう)上月監物の屋敷である。

広い座敷の下座には二人の商人が座っている。

一人は江戸一番の材木問屋、近江屋源兵衛(おうみやげんべえ)、もう一人は口入屋(くちいれや)の辰巳屋棠蔵(たつみやとうぞう)である。

上座右手には侍が控えている。上月家用人、的場佐平次(まとばさへいじ)である。

「あれは――彼岸花のように見えまするが」

近江屋が小首を傾げる。

彼岸花に御座いましょうなと辰巳屋が答えた。

「いや、ならば季が違いはせぬか。彼岸までにはまだ日が御座います」

「何と」

的場は頸(くび)を曲げ庭に視軸を投じる。

「また生えておるのか」

「また――とは」

「摘んでも摘んでも一本だけ生えおるのだ。不吉な花であるからな。忌忌(いまいま)しきこと」

　まるで血のようではないかと的場は言った。

「しかも辰巳屋の申す通り、季が違(ちご)うておる。殿も厭(いや)がられておるのだ。先だっても抜いたばかりであったのだが――」

　的場が腰を浮かせた。

「いやいや、私が」

　辰巳屋は立ち上がって縁に出ると、お履物をお借り致しますと言って庭に降り、その赤く禍(まが)禍(まが)しき花を引き抜いた。

「殿様のご機嫌を損ねては一大事。我等(ら)とて無事では済まぬ」

「それはそうだが、そのままではお前様が植えに来たように見受けられましょうがの」

　近江屋に言われ、辰巳屋は花を持ったまま、正にその通り、扨(さて)どうしたものかと周囲を見渡した。

「此処(ここ)では捨てるに捨てられぬ」

「懐にでも入れて隠しておけ。殿は本日、気が立っておられる」

　それは一大事と辰巳屋は赤い花を懐に捩じ込んで、慌てて座敷に戻った。

「ご機嫌が宜(よろ)しゅうないとは聞き捨てなりませぬな。何か御座いましたのかな、的場様」

「案ずるな。その方達に手落ちがあった訳ではない」

「案ずるなと仰せられましても、凡そ安心は出来ませぬわ。急なるお呼び立て、しかも我等両名、雁首揃えてとなりますれば——いや、どうにも尻の据わりが悪う御座いまする」

「それは」

心に疚しきことがあるのではないのか近江屋——と的場は言った。

言ってから、用人は笑った。

「疚しきところがない訳がないな」

「な、何を仰せで御座いましょうや、お人が悪い。我等は常に一心同体、一蓮托生では御座いませぬか。のう栄蔵」

「それは勿論そうではあるのだが——いや、的場様。我等がこと、決して公にしてはならぬとの重重のお申し合わせ、手前どももきつく守って参りました。殿様がお奉行におなりあそばしてからは、頓に厳しく関わりを伏せておった筈。昼日中、しかも二人揃ってのお呼び出しというのは、少少腑に落ちませぬがな」

真逆と言って辰巳屋が乗り出す。

、、、

「あのことが——」

「滅多なことを申すでない辰巳屋」

的場がきつい口調で言う。言った後に左右を見回す。

「それでなくとも、その方等が此処に居ること自体が」

好ましいことではないのだぞと用人は小声で言った。

商人二人は顔を見合わせ、それから身を低くして、矢張り小声で言った。

「それは重重承知しております。だからこそ、だからこそお伺いしておるので」

「此度のご用は何で御座いますか。的場様は御存じなので御座いましょう」

「知っておる――と、申すより、察しておるというだけだがな。ただ、殿はご自分の口から話すと仰せだ。間もなくお戻りになられるであろうから、暫し待て」

「益々以て不安になりまするな」

「少なくともその方等の商売のことではない」

「ならば尚更、あのこと以外には――」

「それは――いや、まさしくそうなのだろうがな。それがのう――」

的場が再び縁に顔を向けたその時、奥からなりませぬなりませぬというけたたましい女声が聞こえた。騒がしげな気配と足音が近付いて来た。

「何ごと――」

廊下を艶やかな色が過った。

「雪乃様」

「おや、今通られたは――」

雪乃様雪乃様と呼ぶ声が追い掛ける。

的場が立ち上がった。慌てた様子の老女中が奥から走り出て来た。

「騒騒しきこと。松、何を為ておる」

「はあ、あの、雪乃様が」

「今駆け去ったは雪乃様か。な、何を為ておるか。雪乃様は一歩も屋敷から出すなとのお令であったではないか。殿が間もなくお戻りになるというのに、何という不始末か。直ぐにお連れ戻し致せ」

　申し訳御座いませんと飛蝗のように頭を下げ、女中は駆け去った。

「あ、あれは——雪乃お嬢様でいらっしゃいましたか」

　近江屋が呆れたような声を発すると、的場は苦虫を嚙み潰したような顔になった。

「真に困ったこと。殿のご機嫌が悪いはあの所為じゃ」

「どう——なされたのです」

「得体の知れぬ者に誑かされておられるようでな」

「何と。それは——」

「た、誑かされるとは、それはもしや悪い虫でも」

「愚かしいことを申すでない。何」

　他愛もないことではあるのだと、立ったままで的場は言った。

「三月ばかり前であったか。桜も終わろうかという時期に、雪乃様が上野にお出かけになられてな。どうも、其処でその者をお見掛けになったらしいのだ」

　おやおや一目惚れに御座りまするかと近江屋が茶化す。

「いや、それがそうでもない」

的場は雪乃の去った方を気にしつつ、元の場所に座った。

「一度見掛けただけであったなら、それはそれで仕舞いであったろう」

「違うので御座いますかな」

「行く先先で見掛けると仰せなのだな」

「見掛けるだけ――で御座いまするか」

「お言葉を交わすようなことは」

なかったようだと的場は言った。

「それでは案ずることも御座いますまい。御前も人の親で御座いまするなあ。そればかりのことであれば、お屋敷に閉じ込めるまでもない。手前の娘などは遊び放題。余程心配で御座いまするぞ。のう、近江屋」

「然様に御座いまする。手前のところも、先だって突如添いたき相手が居ると言い出しましてな。何処の馬の骨とも知れぬ者と添うことなどならぬときつく申しましたところ、大いに駄駄をば捏ねましてな、認めて貰えねば死ぬとまで申していたが――なあに。蓋を開けてみれば流行り病のようなもの。熱が冷めたものか、今はけろりとしております。手前ども下賤な者の娘と違い、雪乃お嬢様は弁えていらっしゃいましょうから、何の案ずることが御座ろうか」

「そうでも――ないようでの」

的場はより一層顔を顰める。

「と──仰いますと」

「それがのう」

文が届いたのだと的場は言った。

「文──で御座いますか。見も知らぬ男から」

「然様」

「それは何とも解せぬお話。見も知らぬ者がどのようにして、文など出せましょうか。そのような──いや、先程見掛けただけと仰せであったが、先方も此方様のことを御存じだったということで御座いますするかな」

向こうも見ておったのだろうと的場は言った。

「見ておったと──いやいや、互いに見合ったのだとしても、言葉も交わさず、見ただけで雪乃様のお身許や、このお屋敷の在所までは判りますまい」

「探り当てたのであろうな」

「それは──不穏な」

気味の悪いお話ですなあと商人二人は怪訝そうに顔を見合わせた。

「いや、しかしですなあ的場様。その文、何が書かれておったかは存じませぬが、その、雪乃様が見初めた男とやらの手になるものと、何故に判じられましょうや。雪乃様は、その者の名でも御存じであられたか」

「名は──今も判らぬ」

「それは奇態な。それでは判じようもない。それはもしや、雪乃様に懸想した、何処その戯け者、別の男の手になる文では御座いませんのか」

「それがな、何処其処でお見掛けした、何処其処に居られたであろうと、事細かに認めてあったというのだ」

「何と気味の悪い――」

「気味が悪いのだ。思うに、偶然見掛けたというのも、雪乃様がそう思われておられるだけで、付け回しておったのではないかと思う。文に書かれていることは悉く雪乃様の覚えと合致しておったそうであるからな。その者に間違いはないようなのだ」

「はあ。しかし、今以て名が知れぬというのは――」

「その文には、名は記されておらなんだのですかな」

「それはの」

的場は辰巳屋を指差した。

「それだ」

「な、何で御座いますか」

「その懐のものよ」

辰巳屋はわたわたと己が胸を触り、それから懐に手を差し入れる。

「もしやこの、彼岸花――ですかな」

ひしゃげた赤い花を抜き出し、辰巳屋は掲げた。早く仕舞えと的場は言う。

【四四】

「殿のお目に入ったならどのようなお叱りを受けるか知れぬぞ。否、その方（ほう）にあらぬ疑いが掛かるやもしらぬわ」

辰巳屋は慌てて花を懐に捩じ込んだ。

「解りませぬな。この花が何だと」

「名の代わりにその彼岸花と思（おぼ）しき絵が記されておったのだ。しかも——朱墨での」

「それはまた奇妙な。それが署名の代わりだとでも」

そうなのだと的場は答える。

「その男、常に彼岸花を深紅に染め付けた着物を纏（まと）っておるのだそうでな。これは、いや目立つ恰好（かっこう）であろう。それで雪乃様も御目を取られ、幾度もお気付きになられたのだろうと察するのだが——言ってみればそれだけのことでな、先程申した通り、雪乃様の方は何ごともないのだ。ただの童（わらべ）染みた、他愛なき想いであろうよ。しかし、その」

的場は辰巳屋を指差す。辰巳屋はたじろぐ。

「彼岸花の方はな。怪しかろう」

「然様で御座いますな。初めから雪乃お嬢様が上月様のお嬢様と知って近付こうとしておったのか、或いは跡を付け、大身（たいしん）のお身内と知って何か企（たくら）んだものか——」

「いずれ用心するに越したことはありますまいぞ。その者は士分の者で御座いますかな」

「解らぬ。見てくれを鑑（かんが）みるに町人であろうとは思うが——」

的場がそう言った刹那（せつな）、玄関先より喧騒（けんそう）が届いた。

的場は機敏に立ち上がり、縁に出た。

やがて、お放しくださいお放しくださいという声が聞こえ、襖が乱暴に開いて雪乃が転び出て来た。追って行った松が庇うよう身を被せる。

「申し訳御座いませぬ。わたくしめが、わたくしめが悪かったので御座います」

「黙りおろう」

襖の奥から上月監物が姿を現した。怒髪天を衝くといった様子である。

「雪乃を屋敷から一歩も出すなと申し付けておいたではないか。この役立たずめが。一体何を為ておったのだ。機良く余が戻ったから良かったものの、そうでなくば」

どうなっておったかと怒鳴り、監物はお松を足蹴にした。

「父上、松は。松は悪く御座いません」

「それは其の方の申すことではない。良いか悪いかは余が決めることじゃ」

「でも父上」

「釈明など聞く耳は持たぬ。的場、貴様も居ったのであろうに、何を致しておったのだ」

縁に居た的場は素早く座敷に戻り、正座して低頭した。

「申し訳御座いませぬ」

二人の商人も頭を下げている。監物はその様子に一瞥をくれて、忌忌しそうに娘を睨み付けた。雪乃は言葉を呑み込むかのように唇を咬み、ただ父親を睨み返している。監物は大きな溜め息を吐いてから、早う部屋に戻れと言った。

「兎に角、何としても外出は罷りならぬ。松、其の方だけでは心許ない。これよりは見張り役を付ける」

監物は肩越しに背後に控えていたお付きの侍どもに目を遣った。

「一歩も出すな」

侍は畏まった。

「雪乃。努努抜け出そうなどと思うでないぞ。解ったか」

雪乃は睫 涙を溜め、より強く朱唇を咬んで、無言のままゆらりと立ち上がると、下を向いて廊下に出た。松がおたおたとその後を追う。

監物は背後の侍に顎で指図をした。侍は松の跡に続いた。

監物は残った小姓どもにも外せと言い、そのまま上座に座った。

的場は低頭したまま後ろに下がり、その左横まで戻って、姿勢を正した。

「源兵衛。棠蔵。面を上げよ」

商人二人は恐る恐る顔を上げる。

「お、お奉行様――」

監物は眼を細めた。

「良い。何のために人払いをしたと思うておるのだ」

「しかし、お――監物様、此度は」

「それだ。察しておろうが、理由もなくお前達を喚び寄せたりはせぬわ」

「それでは、真逆、あの――」

あのことに関わりがあることなので御座いますかと二人は異口同音に言った。

監物は眉間に皺を立て、的場に庭に面した障子を閉めるように言った。

「関わりがあったなら一大事、ということだ。あのことを知るのは、この八百八町で、否、この六十余洲の中で我等四人しか居らぬのだぞ。お前達――的場から少しは聞いておるか」

「いえ、その――雪乃様のお話でしたら少しばかり」

「彼岸花の男のことは聞いておろうか」

「はあ、聞くだに不埒な男で御座いまするがな。それと――関わりがありますので」

監物は益々顔を顰め、首を竦めて横を向いた。

「関わりがあったとして――それが何なのか、ということなのだがな。その不埒者から、雪乃宛てに文が届いてな」

「そのようですな」

「その文を受け取ったのが、雪乃付きにしておったお葉という奥女中だ。お前達も見知っておろう」

「ああ」

辰巳屋が答えた。

「覚えておりますぞ。お嬢様付きのお葉といえば、あの、姿の佳い女子でありましょう。慥か昨年の秋か、夏かにお雇いになったのでは」

能く覚えておるものよと近江屋は呆れ顔になる。

「何、そこはそれ、佳人には、の」

大概に致せと的場が窘めた。

そのお葉がどう致しましたのでと近江屋が問うた。

「病み付いてしもうたのだ」

「ほう」

「雪乃への付け文を受け取った日より——だ。否、受け取った時に倒れてしもうた」

「それはまた——ご心配なことで御座いまするが、はて、とんとお話が見えませぬ。お葉殿の不調と、その文とは何か関わりがあるので御座いまするかな。そうだとして、我等二人との関わりが量れませぬが——」

監物は何か言おうとする辰巳屋を制した。

「お葉はな、まあ、働き振りも良いし能く気が付く娘でな、齢も近うあったし、雪乃の望みもあって、あれの側付きにしたのであるがな。そうであったな」

的場は然様に御座いますと答えた。

「身許も確かであったな」

「前のご老中土井様の縁続きという触れ込みであったかと」

「確かめたのだな」

「はい」

解らぬ、と監物は顎に手を遣る。

「解らぬのはこちらの方に御座いまするぞ。御前のお言葉とも思えぬ歯切れの悪さでは御座いませぬか。失礼乍ら、まるで要領を得ぬ」

諒解しておると監物は吐き捨てるように言う。

「ただの杞憂、つまらぬ懸念であるやもしれぬのだ。だがな、万が一にもあのことと関わりがあるのであれば——決して捨て置けぬことであろう。念には念を入れ、用心するに越したことはないではないか」

それは慥かにその通り、と近江屋は言う。

「その、お葉が病み付いたことと二十五年前のあのことに何の関わりがありましょう。一向に繋がりが見えぬ。のう、辰巳屋」

「いや待て。その」

辰巳屋は自が胸に手を当てる。

「彼岸花の男こそが、怪しい——というお話ではないのか」

「そうだとして、だ。そのお葉とやらの疾は、その男の所為だとでも仰せですかな。その者は毒か、瘴気でも発しておりますか」

辰巳屋は頬を緩ませる。

「笑いごとではないぞ棠蔵。どうも」

そうらしいのだ——と的場は言った。

「雪乃様や他の女中どもの話を聞いてみたところ、お葉はな、どうも三月ばかり前から加減が良くなかったようなのだがな。寝込んでしもうて、お付きを他の者に代わって貰うようなこともあったようだしな。三月前といえば丁度その男が雪乃様の前に現れた時分であろう」

「はあ」

「先程の松――あれは元元、雪乃様が幼き時分に乳母だった者だが、お葉が病み付いてしもうた故、呼び寄せて守り役に致したのだ。その松の話だと、お葉はその彼岸花の男を目にする度に畏れ慄き、気を失うてしまう程であるというのだ」

「それは随分と厭うておるようですなあ」

「厭うと申すよりも怖がっておる様子。何故にそうも怖れると問うても固く口を閉ざし、何も申さぬのだそうでな。結局、墓参の折に三度見掛けて以降は床に伏してしもうた」

「そのような者は役に立ちませぬぞ。何故に放逐致さぬのです」

そうもいかんのだと監物は言った。

「何故に。雪乃様のお気に入り――ということでありましょうか」

それもある、と的場が答えた。

「雪乃様は甚くお葉を気に入られておるのだ。それもあって、まあ暫くは屋敷内で養生させ様子を見ようということになったのではあるが――これが一向に良くならぬ。本復するどころか日に日に弱って行く。飯も喰わぬし薬も服まぬ。医者も嫌う。何を問うても何も答えず、ただ蒲団を被って震えておるばかりでな」

「それは慥かに尋常では御座いませぬな」

「痩せ衰え、色も抜けて、今はまるで死人のようだ」

勿体なきことと辰巳屋が言った。

「あのような美形、払い下げて戴ければ手前が囲いましたものを」

「色癲いも大概にせぬと身を滅ぼすぞ棠蔵。だがな、そうなればもう、手の施しようがないではないか。このまま死なせることになる。そこでな、先程の松と、雪乃様が根気良く説得したのであるが――」

「もう良い的場。端的に申そう。良いか、棠蔵。源兵衛。お葉はな、自分はもう死ぬが、その前に近江屋の登紀、辰巳屋の実祢に何としても会いたいと――こう申しておる」

二人の商人は共に口を開けた。

「な、何と仰せになられました。実祢というのは、手前の娘の実祢で御座いますか」

「辰巳屋の実祢といえば、他には居るまい。源兵衛。お前の娘も――登紀であろうよ」

「然様に御座いまするが」

「お前達の娘は――お葉と関わりがあるのか」

「そ、そんなことがある訳は御座いません。いや、少なくとも手前は存じませぬ。棠蔵、お前はどうじゃ」

「手前も知らぬ。まず関わりようがないと思うが――」

「では何故、お前達の娘なのだ」

【五二】


監物は膝を叩いた。

「お前達は何とも思わぬのか。知らぬ存ぜぬあり得ぬと――まあそうであろうし、そうであったとしても、だ。良いか、この四人の関わりを知るものは居らぬ筈。違うか」

違いませぬと言って辰巳屋は畏まり、近江屋は腕を組んだ。

「表向き、余と其の方等は何の関係もない。否、我等の関係は作事奉行と材木屋、口入屋でしかない。江戸には他にどれだけの材木屋がある。口入屋は幾つあるか。数ある商人の中で、何故に貴様と――」

監物は近江屋を指差した。

「貴様なのだ」

そして辰巳屋を指差す。

「これを怪しまずして何を怪しむか」

「殺してしまえば如何です」

近江屋はそう言った。

「何があるのか、何を知っておるのか、或いは知らなかったとしても、口を塞いでしまえばそれまでで御座いましょう。それ程に病んでおるのなら、放っておいても死ぬのでしょう。多少早く楽にしてやっても――」

そうもいかんと的場が言う。

「殺めて済むものなら疾うに殺めておる」

「済まぬと仰せですか」

お葉の齢(とし)を考えてみよと監物が言った。

「あれは未(ま)だ十八九だ。二十歳にはなっておるまい。二十五年前のことを」

何故(なにゆえ)に知っておると言い、監物は握った拳(こぶし)に力を入れる。

辰巳屋がぽんと手を叩いた。

「そうで御座いますよ。生まれる前のことを知る筈もない。ならば案ずることも御座いますまいに」

この戯け者と監物が怒鳴り、辰巳屋は首を竦めた。

「貴様の浅慮は筋金入りだな。知っておったなら何とする」

「ですから知る筈もないと――」

「知る筈もない者が知っておったとするなら」

教えた者が居(お)るということだと的場が言った。

「お、教えたとは」

「お葉の背後に何者かが居る――かもしれぬと、御前のご懸念はそこに御座るのでは」

「源兵衛の申した通りだ」

「しかし、あの時、我等(ら)は一族郎党、悉く息の根を――」

申すなと監物は言う。

「思い出したくもない」

「しかし生き残りが居るとは思えませぬがな。生かしたは、ただ一人」

「それも申すな。あれは――」

余が斬ったと監物は言った。

「しかし、殿――」

「そう。あれは逃げ出して三月ばかり隠れておったからな。身を寄せておった家の者も皆、始末した。しかし」

「その間に誰かに話していたと――」

それはこの二十年ずっと気に懸けて来たことであろうに栄蔵、と源兵衛が言った。

「儂などは暫く枕を高くして眠れなかったわ」

「気の小さい男よ。縦んば何者かが何か聞いていたのだとして、何の証があろう。耳にしただけで我等が何を為たか見ていた訳でもありますまいに。とんだ言い掛かりと撥ね除ければ済むだけではないか」

「そうだとしても」

「そもそも何者かが話を聞いていたとしても、だ。それは二昔も前のことではないか。慥かに儂もあの時は慌てたし、気が気ではなかったわ。しかし、何もなかったではないか」

そうだがなと言い、近江屋は腹でも痛くなったかのような顔をする。

「あの頃ならば兎も角も、儂もお前も今は押しも押されもせぬ大店の主ではないか。御前はお奉行だ。今更何を言われたところで痛くも痒くもなかろう。そうで御座いましょう」

辰巳屋はしたり顔で監物を上目遣いで見た。しかし監物は無言であった。

「御前。如何なされた」

「何故――今なのだ」

「何と仰せか」

「棠蔵。貴様の言うことは解らぬでもない。余もそうであった。一年経ち二年経ち、十年を過ぎる頃には忘れておった。だがな、それは忘れておっただけだ。不安の種がなくなった訳ではない。違うか」

「違いませぬが――しかし御前。先程も申し上げましたが、何の証もなきことを今更」

「お葉は、前のご老中の縁続きと称しておるのだぞ」

「しかし、土井様は隠居され、慥か先日お亡くなりになったのでは」

「然様。春先に亡くなられた。だがな、其の方等は忘れておらぬか。我等が後ろ盾となってくれたご老中首座、水野様は既に居られぬのだ。先の改革の紛乱で幕閣の力関係は大きく変わっておる。余が今以て奉行で居られるのも、潮目を読み賢く立ち回ったからだ」

「御前は機を見るに敏なるお方ですから――」

煩瑣いと監物は不機嫌そうに言う。

「政と申すのはの、そんなに簡単なものではないわ。まさに一寸先は闇。貴様等がこうして甘い汁を吸いのうのうと為ていられるのは誰のお蔭か。既に盤石の庇護者はなく、手蔓も何も尽きておるのだ」

監物は顔を歪めた。

「土井様が身を引かれたのだとて、元を正せば水野様の不手際からではないか。疚しきところなど一つもなかろうと、身の振り方を誤れば蹴落とされる。隙を見せれば寝首を掻かれる。後ろから刺される。何もせず黙っておっても煽りを喰ろうて飛ばされる。火の気なき処に幾らでも煙が立つ。迚も弱みなど見せられるものではないわ。そういうものなのだ」

「それは――承知しておりまするが」

「い、い、あのことだけであればな、誰が何を知っておろうと、何処にどんな形で漏らそうとも、棠蔵の申す通り、知らぬ振りも出来ようし握り潰すことも出来よう。だが、そうなれば」

「痛くもない腹を探られる、と仰せですか」

馬鹿者と的場が厳しい口調で言った。

「痛くもない腹とは、一体どの口が申すか。貴様等二人の腹の中は真っ黒ではないか。貴様等は、ずっと不正を働き私腹を肥やして来たのだぞ」

「そ」

それはお互い様で御座いますと辰巳屋は言う。

「我等は持ちつ持たれつ、一蓮托生では」

「であるからこそ、殿に余計な疑いが掛かることは避けねばならぬのだ。そのぐらいのことは貴様等でも解るであろう。我等にはな、疚しきところがあるのだ。どう対処したところで、そうした醜聞が流れること自体が命取りになり兼ねぬ――そうしたことだ」

「その通りだ。どれ程些細なことであろうとも」

弱みは見せられぬと監物は言う。

「貴様達との関わりそのものが余の弱みとなることは火を見るよりも明らかなのだ。嘘であろうと真であろうと、弱みを見せればそれで終いじゃ。貴様等が馬脚を現そうが失敗ろうが、切り捨てることは簡単であるが、余が倒れる時は、貴様等も確実に倒れよう。余の腹が探られるということは、即ち、これまで行うて来た不正も曲事も、凡ての悪行が明るみに出兼ねぬということなのだぞ」

「で、ですから我等は一蓮托生――と」

そうではないと監物は言う。

「余は士分であるぞ。沙汰が下るとしても、お役御免か閉門蟄居か――今のご時世、簡単に腹など切らせぬわ。この的場とて同じこと。しかし貴様等二人は町人だ。凡てが露見したなら構いは軽くはなかろうな。良くて遠島――否、打ち首は免れまい」

「う――」

辰巳屋は頸を押さえた。

「そ、それは余りなこと」

「已むを得まい。そういうものだ」

お助けをそこを何とかお取り成しをなどと言い乍ら監物の方に躪り寄る辰巳屋の肩を摑んで近江屋が抑えた。

「仕方のない男だな。そうならぬように手を打とうという話ではないか。そもそも未だ、何ひとつ確かなことは判ってはおらぬのだぞ」

「だ、だがどうするというのだ源兵衛。御前、的場様」

「見苦しい奴じゃ。先ずはお葉があのことに就いて何か知っておるのかを確かめるしかあるまいな。その上で、何もなければそれまでのこと。単なる杞憂ということだ」

「な、何か知っておったなら――その時は口を塞ぐ、ということですかな」

それではいかんだろうと近江屋は言う。

「いつまで経ってもお前の浅慮は治る兆しがないの。あのな棠蔵。そうなったなら、次は背後に何者かが居るのかどうかを炙り出す――ということになろう。そうで御座いますな」

「それしかあるまいが」

「ではお葉を締め上げるということですか」

「どうやって締め上げるのだ棠蔵」

「それは」

「あのこととは関わりがなかったとして、なら何故に責めるということになろう」

「知っていたならいたで、簡単に吐くとも思えぬ。それ以前に、あれは拷問などしたら死んでしまうであろう。頬を張っただけで息絶えるやもしれぬわ」

そんなに弱っておりますかと近江屋が問う。

「どうもな。ことがはっきりする前に死なれたのでは拙いことになる」

「あまり時はない」

「では——どうするので」

望みを叶えてやるのだと監物は言った。

「だから貴様等を呼んだ。お葉は死ぬ前にお前達の娘に会いたいと申しておるのだ」

「娘に——のう」

商人は顔を見合わせた。

「で、娘に聞き出させるので御座いますか」

「愚か者。何と言って、何を聞き出させると言うのだ。貴様達は自が娘にあのことを伝えておるのか。考えなしにも程があろうに。兎に角、貴様等の娘とお葉にどのような繋がりがあるのか、それを知ることが先決ではないか。もし、あのこととは関わりのない繋がりであったとするなら、何もかもが杞憂——ということになろう」

「そうでなかったら」

「その時は——」

身を起こした辰巳屋の懐から、萎れた彼岸花がぽたりと落ちた。

蛇花

夜陰に紛れて女が道を急いでいる。供も連れず、ただ一人足早に夜道を進んでいる。

御高祖頭巾を被り、弓手で面を隠し、馬手に握った提燈には何の印もなかった。ただ、暗中に朦朧と浮かび上がるその衣装から未だ若い娘であることだけは知れた。着物も履物も上等のもののようではあったが、武家の娘ではない。

近江屋の一人娘——登紀である。

辻に出る度に周囲を気にし、人影が差せば身を隠し、登紀は堀に沿う小道へと出た。堀端の柳楊の下に、儚とした明かりが見える。

それもまた提燈を持った女——しかも登紀と同じく若い女のようだった。

登紀はもう一人の女の前まで進んで、止まった。

提燈を顔の辺りに掲げる。

登紀と同じような出で立ちではあるが、樹下の女は顔を隠してはいない。辰巳屋の娘、実祢である。実祢は、登紀を何処か蔑むような目で睨め付けた。

登紀は、頰を緩ませた。

「おや、柳の下でお待ちになっておられるとは、お実祢様、まるで産女の化け物のよう」

登紀は口を押さえて笑う。

実祢は憎憎しげに顔を引き攣らせた。

「そちらこそ、顔を隠してこそこそと、みっともないこと。妾はまた、何処ぞの白波かと思いましたわえ。登紀殿は、余程世間に心疚しきことがおありなのかしら」

「疚しいというのであれば、それはお互い様ではありませぬか、実祢様。生憎、吾はお前様と違うて、夜遊びなど致しませぬ故、斯様な刻限に家を抜けるのは大層難儀致しましたの」

「何を今更未通女のようなことを」

実祢は横を向く。

登紀はその前に回り込み、顔を覗き込むようにした。

「強がっているけれど、お実祢様は――怖いのじゃなくって」

「怖いものですか。あなたの顔など見たくもないというそれだけのこと。そもそも、生涯二度と会うまいと誓ったというのに、あのお葉、どういう料簡なのか」

「吾達を喚び付けるなど、以ての外――とは思いますけれど」

「強請るつもりではないのか」

どうやって、誰が誰を強請れようかと言い、登紀は笑う。

「吾等三人は同罪――ではありませぬか。いいえ、罪の重さで申すなら、あのお葉こそが一番重いのじゃ。それがどうして」

【六二】

実祢は顔を曇らせる。

「それはそうなのだけれど、例えば何者かに知られてしもうた——というようなことはなかろうか」

「矢張り怖がっておる」

登紀は更に笑う。

「誰かが見ておったとでもいうのかえ。それともお葉が口を滑らせたとでも——真逆、お実祢様、お前様が」

莫迦なことをと実祢は吐き捨てるように言う。

「そういうお前様は何も心当たりはないのかい。そもそも二度と会うまいと決めたのは、関わりなき筈の三人が寄ることが何より一番疑わしきことと考えたからであろうに。それを、斯様な刻限、しかも作事奉行の本宅に呼び出すとは——」

他に手はありますまいと登紀は言う。

「何があったかは存じませぬが、下手に文などで子細を知らされたりしては迷惑千万。何かの拍子に誰かに読まれてしまったなら、如何しましょう。ここは直接会うが得策でしょう。かといって昼日中より会う訳にも参らぬでしょうし——あの耳の遠いお年寄りに刻限と場所だけを託したというのは、まあお葉なりに考えあってのことではありませぬか」

実祢は不服そうに更に顔を背ける。

「そう怖がることはありますまい。兎に角、あの女に会えば判ること」

登紀は澄まして橋を渡る。

「お待ち。罠（わな）ではないのか」

「お実祢様、お前様は、悪所にお出入りされている割に度胸が御座いませんのねえ。どうあれお葉に会（お）うてみるまでは判らぬことです。呼び出しに応じずに逃げて、取り返しのつかぬことになったらどうするおつもり」

「妾（あたし）はただ、用心なされよと言うておるだけ」

実祢は登紀を追い越して橋を渡る。

「あの年寄りは、裏木戸が開けてあると言うておったけれど」

「開いておるのではありませぬか。お葉は女中部屋ではなく、離れに一人で居（お）るとか」

ああ、彼処（あそこ）じゃと登紀は示す。

戸口から明かりが漏れている。

「離れというよりも小屋ではないか」

実祢は周囲を見回す。登紀は戸板に耳を付けて様子を窺（うかが）う。

ただ、二人の娘は小屋の後ろに的場が潜んでいることには気付かない。

「お葉。お葉さん――」

登紀は戸に手を掛けた。一度振り向き、背後に居る実祢の顔を確認してから、登紀は戸を開けた。元は納屋か何かであったものと思われるが、裡（なか）は小綺麗（こぎれい）に普請がなされており、畳も敷かれている。

半畳ばかりの三和土も設えられている。登紀と実祢が入るなり、お閉めくださいという弱弱しい声がした。

部屋の中心に行燈が置かれている。二人の娘は提燈を吹き消す。

行燈の奥には蒲団が布かれており、入り口に背を向けて女――お葉が横たわっていた。

「何だい。喚び付けておいて寝ているのかい。いい加減におしよ」

実祢が苛付いた調子でそう言ったが、お葉は詫びるでもなく、取り合う様子もなく、ただもう一度、戸をお閉めくださいと掠れた声で言った。

実祢は言われた通りに戸を閉め、そのまま戸を背にして立った。

登紀は框に座った。

「お葉さん。どういうことかしら」

真に申し訳御座いませぬと言い、お葉は半身を起こした。

「斯様に見苦しき有り様でのお目通り、お許し願いとう御座います。人様の前に出られるような恰好では御座いませせぬ故、お呼び立てを致しました」

お葉は――ゆっくりと顔を上げた。

行燈の心許ない幽かな光に浮かび上がるその顔は青白く倦み疲れていた。

結われていないその髪は幾筋かに分かれ、まるで濡れているかのようにぺたりと額に貼り付いている。眼窩は落ち窪み頰は痩け、唇の色はすっかり抜け、皹割れている。

まさに死人のように見えた。

実祢は眉を顰め、登紀は口を開けた。

「何じゃ、その姿は」

まるで。

蛇の抜け殻のようではないかと実祢は言った。

登紀は暫く呆れたようにお葉を眺め、

「其方――真にお葉さんか」

と、問うた。

女は首肯いた。

「しかし一体――何としたことです。その有り様は――いや、まさに蛻のよう。凡そあのお葉さんとは思えぬけれど――」

死病にでも取り憑かれたのではあるまいなと実祢は言った。

「その衰えようはただの疾ではありますまい。お前――」

お葉は折れそうに細い頸を傾げる。

「はい。死病――というなら、まさにそうかもしれませぬ」

「何じゃと」

「私は――」

もう長くは御座いますまいとお葉は言った。

実祢は戸板に背を付けた。

「それは——もしや、伝染る疾か」

実祢が鼻と口を押さえる。

「お葉、お前、どういうつもり。真逆、一人では死なぬ、妾達も道連れにしようと、そうした料簡かえ」

滅相も御座いませぬとお葉は言う。

「ご心配めさるな。疫病、時気の類いでは御座りませぬ。疾そのものは——伝染りは致しませぬ。私はただ、独り衰えて行くだけに御座います」

「それは」

妙な物言いではありませぬかと登紀が言う。

「疾そのものが伝染らぬとして、なら、何が伝染ると言うの」

お葉は直ぐには答えず、辛そうに顔を歪めた。

はっきりお言いと実祢が言う。

「其方が己でもう長くないというのであれば、それはそうなのであろう。そんなことは御座いませぬ、気落ち致すなと慰め合うような仲ではそもそもないわえ。その様子を見れば判らぬでもない。死ぬと申すなら死ぬのであろう。でも、それで妾等を喚び付けて何とする。妾も、この登紀も、医者でもなければ修験でも僧でもありませぬぞ。其方の疾を癒やすことなどは出来ぬ。それとも何か、今生の別れがしたいとでもお言いか。遺言でも述べようというのかえ」

遺言——と呟き、お葉は顔を伏せた。

「まさに――遺言で御座います」

「お葉さま。そもそも吾等(われら)、三人(みったり)で会うことは二度と致すまい、生涯顔を合わせまいと固く誓(ちこ)うた仲ではなかったですか。それが一歳(ひととせ)も経たぬうちに喚び立てるというのですから、尋常なことでないことだけは判ります。其方の容体が芳しくないことも一目瞭然(りょうぜん)。しかし、先程からの奥歯に衣(きぬ)を着せたような物言い、得心が行きませぬ。お実祢様はどうか知らぬが、吾(わたし)は斯様な場所に長居をしとうはないのじゃ。疾は気の毒ではあるけれど――」

そのような恐ろしげな顔は見ていとうないと登紀は言った。

「用があるなら早う申せ」

お葉は一度下を向き、それからそろそろと顔を上げた。

「萩之介(はぎのすけ)が」

「何と言うた」

萩之介が来るので御座いますとお葉は蚊の鳴くような声で言った。

「な、何と仰せか」

「意味が解らぬ。登紀殿、あなたはお解りになられるか」

登紀は頸を振った。

実祢は戸板を離れて前に進む。

「お葉、お前、疾が末に乱心致したのか。何と申した」

「ですから、萩之介が――」

萩之介は死んだであろうと実祢は怒鳴った。

大きな声を出しやるなと登紀が諫める。

「幾ら離れておると申しても、女子衆のお長屋は目と鼻の先。何方様が聞いておるものか判りませぬぞ、お実祢様。そのようなこと、軽軽しく口にするものではありませぬ」

「それは――こちらの言うことじゃ。この女、気がふれてしもうたのではないか。もう一度申してみよ」

「ですから――」

萩之介が来るのですとお葉は繰り返した。

「諄い女じゃ。登紀殿、このような女、相手にすることはない。帰りましょうぞ」

「お待ちなされ――」

「何を待つ」

登紀は実祢の問いには答えず、体を捻ってお葉の方に向き直った。

「お葉さん。其方――萩之介は生きているとでも言うのではありますまいな」

お葉が答える前に実祢が言う。

「何を、登紀殿まで戯けたことを。萩之介は死んでいるであろうに。死んだであろうが。いいや――萩之介は、萩之介は」

妾等が殺したのではないか。

実祢はそう言った。

裏手に身を潜め聞き耳を立てていた的場は身を乗り出した。

驚いたのだ。的場は、近江屋の登紀、辰巳屋の実祢、そしてお葉の三人に深い関わりはないものと思い込んでいた。また、何か縁があったとしても、それは薄いものだろうと高を括ってもいたのである。その三人の娘が実は深い関わりを持っていたらしいという、それだけでも十分に的場にとっては意外だったのだが、それが人殺しとなると——。

的場は心中で頭を振った。

若い娘どもの言うことである。何かの比喩か、或いは符牒のようなものかもしれぬ。迂闊に呑み込んでしまってはいけないと自戒し、的場は壁に耳を付けて息を殺した。

ここで早呑み込みをしてしまい、それがもし見当違いであったならば、場合に依っては命取りにもなり兼ねないからである。

それでなくとも聞き捨てならぬ話ではあるのだが——。

「そう。殺したと思うておった。しかし、殺したつもりが」

生きていたということではあるまいな——と登紀は言う。

「何を莫迦な」

実祢は登紀からもお葉からも顔を背ける。

「忘れた訳ではあるまい。あの日、あの時、あの破れ堂でのこと」

「忘れる訳もない。出会い茶屋に呼び出したのは吾じゃ。お葉さんが調達してきた薬を服ませたのも吾。あの堂まで誘ったのも吾です」

「そう。堂の扉を開け、裡で待っていた妾を見た時のあの男の間の抜けた顔は、生涯忘れませぬぞ。あの慌てぶり――お葉、お前にも見せてやりたかったわ」

お葉はただ震えている。

「あの男は見苦しく申し開きをしておったけれど、そのうちにお前のくれたあの薬が効いて来たのか、様子がおかしくなってきた。そこを」

妾が――。

「そう、妾が、この、この手で縊り殺したのじゃ」

お実祢は振り向き、二人に向けて掌を翳した。

「妾のこの手が、あの憎い男の頸を絞めたのじゃ。今でもこの手が、指が覚えておる。登紀殿も見ていたであろうに」

見ていたのではありませぬと登紀は言う。

「吾とて同じこと。あの時、踠く萩之介の体を後ろから押さえていたのはこの吾です。動かなくなった萩之介を――二人で苦労して堂の裏まで運んで用意しておいた葛籠に入れたではありませぬか。おお。思い出すだに身の毛が弥立ちましょう。あの重さ、柔らかさは決して忘れませぬ。屍を運んだことなど簡単には忘らりょうか」

「そう、萩之介は死んでおる。殺したのだもの。お葉、お前は見張っておったから判らぬかもしれぬが、あの男は――」

「死んでおりましょう」

お葉は絞り出したかのような声でそう言った。

「後始末をしたのは——私で御座います。お二人が急ぎお戻りになった後、骸(むくろ)の入った葛籠を大八車に乗せ、重石(おもし)を入れて、幾重にも縄を掛けました」

「そこじゃ」

と、登紀は言った。

「お葉さんは葛籠の蓋(ふた)を開けましたな」

お葉は首肯(うなず)く。

「重石を入れました故——」

「骸はありましたか」

何を言っておられると実祢が言う。

「登紀殿は、妾等(われら)が去ってお葉が来るまでのほんの僅(わず)かな間に誰かが骸を盗んだ——とでも言うのかえ。そんな呆(ほう)けたことは——」

「そうではないのです、実祢様。お葉さん、萩之介は間違いなく、死んでおりましたな」

「登紀殿。真逆(まさか)あの男が息を吹き返したとでも——」

「あり得ないことでは御座いますまい。首を刎(は)ねた訳でもない、心の臓を突いた訳でもないのです。あれはただ動かなくなっただけ。実祢様は、渾身の力で縊られたのでしょうけれど、所詮(しょせん)は女人(にょにん)、非力ではありましょう。もしかしたら、萩之介は気を失うておっただけ、あの痺(しび)れ薬が効いていただけかもしれぬではありませぬか」

【七二】

「薬が切れて生き返ったとでも」

死んでおりましたとお葉は言った。

「いいえ、もし死んでいなかったのだとしても、萩之介は葛籠の中に居りました。私はその上から石を詰めるだけ詰め、蓋をして縄を掛け、葛籠が見えなくなる程に縄を巻き、きつく縛り上げたので御座いますから、息を吹き返したとしても――出られる訳はありません」

「嘘ではありますまいな」

登紀はお葉を睨み付ける。

「嘘とはどういうことじゃ」

実祢は登紀の肩に手を掛ける。登紀はそれを振り払う。

「このお葉が萩之介と通じていたなら――ということです、お実祢様」

「通じるというのはどういうこと。そもそもあの男を一番恨んでおったのはこのお葉じゃ。この女は身を投げようとまでしたのだぞ」

「そうよなあ」

登紀は立ち上がった。

「萩之介が、ただ浮き名を流すだけの優男であったなら、吾も実祢様もこのような恐ろしき諸行を仕出かしてはおらなんだであろう。実祢様はどうお思いか」

「それは――」

実祢は口籠った。

「あの萩之介という男は、ただ顔立ちが綺麗(きれい)だ姿が良いというだけの者ではない。何か、魔性を持っておりました。そうでなくては、吾(わたし)も実祢様もここまで深入りはせなんだでしょう。実祢様も――そして吾(わたし)も」

一緒にされとうはないと実祢は言った。

「吾(わたし)とて、萩之介と二世(にせい)を誓うた者ですよ。気の迷いなどではありませぬ。愛(いと)しい恋しい、惚(ほ)れた焦がれた、そうしたものではなかった。まさに魅入られてしもうたのです。お前様もそうであったのであろうに。お実祢様」

実祢は眉根を寄せた。

「あの萩之介という男は、魔性です」

「魔性か」

「そう。一度惹(ひ)き合(お)うてしもうたなら、情を交わしてしもうたなら、もう今生(こんじょう)で離れることなど決して出来ぬ――そうした男なのです。どちらかが滅び去るまで離れられぬのじゃ。別れようとするならば、死ぬしかない。そうでなければ殺(あや)めるよりない。そう思わせる――そんな魔性なのです。違いましょうか」

「違わぬ」

「だからこそお葉さんは、吾(わたし)やお前様と萩之介のことを知り、死を選ぼうとなされたのでしょう。そして――吾等(われら)も、萩之介を」

そうじゃ殺したのじゃと実祢は声を荒(あら)げた。

「その通りじゃ。殺すか死ぬか、それしか道はなかった。いいや——妾は登紀殿、其方と、お葉、お前を殺してやろうかとも考えた。そうすればあの男は妾一人のものになろうやと、そうも思うたわえ。しかしあの男は、どうせ直ぐに次の女を見付ける。あれはそういう男ではないか。それでは切りがない。だからといって妾が死んだとて何になろう。あの男は——」

同じことを繰り返すだけじゃと実祢は言った。

「そうであるなら、死ぬに死ねぬ。いいや、仮令妾が死のうと、其方が死のうと、お前が死のうと、あの男は何も変わらぬ。涙の一粒も流さぬかもしれぬ。笑いやるかもしれぬ。それを思うと、もう、あの男が憎うて憎うて——」

実祢は両手を伸ばし、頸を絞める仕草をした。

登紀はそれを冷ややかに眺める。

「妾は憎うてあの男を殺したのじゃ。登紀殿も同じであろうに。何を今更」

同じですけれどと登紀は言う。

「頸を絞めた時、お前様は眼を閉じておられましたな。お実祢様」

「それが何じゃ」

「お前様は萩之介の顔を、いや、あの眼を見られなかったのではありませぬか」

「そうであったなら——何だと言うのじゃ。誰も死に行く者の顔など見とうはなかろう」

「責めておる訳ではありませぬ。吾とて同じこと。不実なる徒人、女人を手玉に取る悪党と一度は見限ったものの、あの」

あの眼を見てしまってはどうなろうか――と、登紀は言う。

「お葉さんとて同じことだと吾(わたし)は思うけれど。お実祢様、お前様も我が身に置き換えて考えてご覧なさいませ。あの葛籠を開け、横たわる萩之介を目の当たりにしたとして――」

「し、屍じゃ、死んでおるのじゃろう」

「そう思うておって、それがもし、閉じた瞼(まぶた)を開いたとしたなら――」

実祢は屈(かが)んだ。

「そうしたら」

「そうしたらお前様ならどうする。憎い憎い、殺してやるともう一度頸を絞めようか。あの眼を、あの瞳(ひとみ)を間近に見たとして」

お実祢様は正気でおらりょうかと登紀は言った。

「吾(わたし)なら迚(とて)も正気ではおられぬ。あの眼に見上げられたなら、もう――蛇に睨まれた蛙(かわず)のようなもの。しかも」

「そこで命を救えば――」

「そう。萩之介を」

「あの男を独り占めに出来ると――」

お葉お前と言って実祢は顔を上げ、框に手を掛けた。

お葉はその幽鬼のような顔を小刻みに振った。背後に延びた影がゆらめいた。

「葛籠の中の萩之介は死んでおりました。死んでおりましたからこそ――」

だから何ですと登紀は言う。

「重石を入れるために葛籠を開けたとお前様は言うが、その時、吾とお実祢様は立ち会うてはおりませぬぞ。縦んばその際に息を吹き返していたとしても――」

そんなことは御座いませんと、お葉は絞り出すような声で言った。

「葛籠の中に横たわっていたのは既に息絶えた屍――萩之介の骸で御座いました。それに、もし私が生きた萩之介を救うなり匿うなりしていたのであれば、何故にお二人にそれを報せたり致しましょうや。隠しこそすれ、お呼び立てしてまでお伝えするなど――」

「そうですねえ」

登紀は澄まして、思わせぶりにそう言った。

「そのようなことはなかった――と」

「そもそもお二人はお忘れですか。あの夜、隠亡堀まで運んだあの葛籠を三人で沈めた時のことを――」

「忘れてはおりません。暗闇の中、あのような重いもの、足場の悪いあのような処まで、能くぞお一人でお運びになったものと感心致しましたもの。のう、お実祢様」

実祢は身を固くしている。そして言った。

「もしかすると、お葉お前、空のままの葛籠を運んで、彼処で石を――」

お葉は悲しいというよりも苦しそうな顔になった。

「あ、あのような場所に、石など御座いますまいに」

「そのようなもの、予め用意しておけば――」

「それは無理というもの。仮に萩之介が息を吹き返したのだとしても、それを予め知ることなど、私に出来はしますまいに」

「いいや」

実祢は上目遣いにお葉を見た、

「例えば、萩之介と二人で行えば――」

「ど、どこまでお疑いか、お実祢様。お登紀様も思い出してくださいませ。運んだのは私で御座いますが、葛籠を沈めたは三人。私よりもお二人の方が先に隠亡堀に着いておられたではありませぬか。そして、沈める前に――」

「そうですね」

留めを刺しましたねと登紀は言った。

「ああ」

実祢は胸に手を当てた。

「そう。お実祢様がいつも持ち歩かれているその――懐剣で」

「そう――か。そうであった」

「万が一息を吹き返したりはせぬかと仰ったのはお実祢様でしたわねえ。仮令生きていようとも、沈めてしまえばお終いでしょうにと申し上げましたのに、お前様は」

実祢は懐剣の柄を握り締めた。

「余程憎かったか、怖かったか」

「念のために決まっておろうに」

「そう、念のため、一人一刺し――恨みを籠(こ)めて刺してやろうぞと」

そうです、とお葉は言う。

「私も、お登紀様も刺したでは御座いませぬか。あの時、葛籠の中は――石だけで御座いましたか。或いは空で御座いましたか。お実祢様、その懐剣に」

血は付いておりませなんだかとお葉は言った。

「いや――」

実祢は柄を握る手に力を込めた。

「あ――あんな男の血が付いたものじゃ、いっそ捨ててしまおうかと思うたが、この懐剣は武家の出であった母の形見。洗って、研ぎに」

「血が付いておったということで御座いましょう」

登紀は、付いておりましたねと当たり前のように答えた。

「血が」

「な、ならば」

「ええ。吾(わたし)も一突き致しましたもの。何を刺したかくらいは判ります。石だの藁(わら)だの、そうしたものではありませんでした。あれは何か――」

生き物の死骸(しがい)でしたわと登紀は言った。

「では、ではお登紀様は何故そんな――萩之介が生きているなどという嘘言を仰せになったのですか。あれで――生きておる訳がないではありませぬか」

登紀は頬を攣らせた。

「生きておる訳がない――かえ。そうよねえ。吾は、確かめてみただけ。もしやと思うて問うてみただけのこと。萩之介は死んでおるのでしょうね」

「ですから――」

「ならばお前様こそ、何故に萩之介が来るなどという戯言を申すのかッ」

登紀は初めて語気を荒らげた。

「死んだ者が訪れる訳はないでしょう。世迷言もいい加減になされよ。それともお前様は、萩之介が化けて出たとでも言うのか」

お葉は口を噤み、眼を見開いた。

「どうなのです。お葉さん。何が来るというのか。鬼か蛇か、亡魂でも来ると言いやるか」

「はい」

お葉はそう言った。

莫迦らしいと実祢は腰を上げた。

「幽霊。幽霊が出たとな。巫山戯おって」

「はい。あれは――あれは紛う方なき萩之介」

「そのようなものがおるか。どうせ薄か夕顔の見間違いであろうよ」

お葉は眼を剝（む）いた。

「み、見間違う訳も御座いませぬ。あの——」

あの赤い花が染められたあの小袖（こそで）——とお葉は言った。

耳を欹（そばだ）てていた的場の顔色が変わった。

その男は——。

あの蛇花の柄かと実祢は言う。

「蛇花というのは——あの曼珠沙華（まんじゅしゃげ）のことなのですか。それでしたら」

「た、慥（たし）かにあれは珍しい柄ではあろうけれども、あんなものは」

「いいえ、それなら。それは萩之介です」

実祢の言葉を遮って登紀はそう言った。

「登紀殿、其方まで何を言い出しまするか——」

「死んだ筈の者が現れたのだとするならば、それは幽霊なのでしょう。つまり、お葉さん、お前様のその疾（やまい）も、萩之介の祟（たた）りということなのでしょうね」

お葉は解りませぬ解りませぬと繰り返し、自（おの）が肩を抱き、震えた。

「私は、た、ただただ、恐ろしゅうて」

「それは恐ろしいでしょう。死人がやって来たならば、誰だって恐ろしいもの。ねえ、そうでしょうお実祢様」

「莫迦なことを。ゆ、幽霊など——」

手を翳し、実祢の言葉を登紀は止めた。

「解りましたわお葉さん。そうですか。あの者は化けて出ましたか。何とも未練がましい、執念深いことよのう」

そう言って登紀も腰を上げた。

「と、登紀殿、其方——」

「お実祢様。思い出されよ。あの萩之介ならば——そうしたこともありましょうよ。何しろあれは魔性の者。肉は溶け骨は散っても、魂魄この世に留まりて障りを為すやもしれませんわ」

実祢は不可解な表情になった。

登紀は僅かに笑って、お葉に向き直る。

「お葉さん。よくぞ報せてくれました。慥かにお前様の言う通り、疾は伝染らずとも祟り障りは吾等にも及ぶやもしれませぬ。何しろ、生あるうちからあの蛇に魅入られた吾等です。しかし、今のところ吾の処にもお実祢様の処にも通って来る様子はありません。お前様の処に来るというのなら——」

余程好かれておったのよのうと登紀は言い、ちらりと実祢に目を遣った。

「そうしてみると少少悔しくも思いまするが、それにしても、死してまで通って来るなら」

もう逃れられませんよお葉さんと登紀は言った。

お葉は僅かに開いた口を戦慄かせ、がくりと床に突っ伏した。

「逃れられますまいか」

【八二】


「扠。ご祈禱でもお加持でもするが良いかとも思いまするが、それは」

出来ませんものねえと登紀は言う。

「祝にもお坊様にも、決して真実は言えませんものねえ。祟られた、その子細は決して語れますまい。とはいえ、如何な術者高僧と雖も、何故に恨んでおるのか、未練執着の理由が知れずば成仏もさせられますまい。それにお前様が何も言わずとも、萩之介が恨んでおるのならそれは知れること。もし悪霊が去ったとしても罪は世間に知れまするしなあ」

どこか愉しげにそう言うと、登紀はお葉を指差した。

「己の体のことは己が一番よう判っておるのでしょう。お前様が自分の命はもう長うないと言うのであれば、そうなのでしょうねえ。でもようお考えなされ。萩之介はこの三人が三人とも魅かれた男。その三人の中で、お葉さん、お前様が一番慕われていたということになろう。つまり——お葉さん、お前様は萩之介に選ばれたのです」

「選ばれた——」

「だって吾達の処にあの人は現れませんもの」

ねえ、と明るく言って登紀は実祢の袖を引く。

「良かったではありませぬかお葉さん。この三人の中でお前様だけが萩之介の眼鏡に適うたのですよ。そう思うなら、少しだけ悔しくも思いますわ。でも、もう萩之介は死んでおりますものね。吾は死人と添うのは遠慮したいところです。お実祢様もそうだと思いますけれど。お葉さん、お前様は——」

萩之介と仲良く冥土(めいど)の道行きをなさいませと言い、登紀は戸に手を掛けた。

「さあ参りましょうお実祢様。こんな処に長居は無用です。早く戻って、魔除(まよ)けなり何なり為(し)なければなりませんでしょう。萩之介は多情な男。累が及ばぬとも限りませんもの」

そう言って登紀は小屋を出た。

実祢は呆気(あっけ)にとられたような顔になり、お葉を一度見て、その跡を追った。

お葉は眼を見開き声にならぬ悲鳴を上げて、床に突っ伏した。

壁に耳を付けていた的場は立ち上がり、頭を抱えた。

提燈に火を点(とも)した登紀は橋を渡り、柳の下を足早に進む。追い掛けて来た実祢は登紀殿、登紀殿と呼び、追い付いてその肩に手を掛ける。

「待ちや、登紀殿。其方一体、どういうおつもりか」

「どうもこうも御座いませぬでしょうに。あれは——正気を失うております。まともに付き合うだけ無駄でしょう」

「しかし其方」

登紀はころころと笑った。

「いやじゃのう、お実祢様。お前様、真逆(まさか)本気になされたか」

「本気——とは」

「幽霊が居るとでも思うたのではないでしょうね」

「莫迦なことを」

実祢は顔を曇らせる。

「お前様、思いの他怖がりじゃのう。お実祢様、死んだ者が現れたりする訳がなかろうに。いや、一度は吾も、もしやと思うたのだが」

「もしやとは。ゆ、幽霊が――」

「いい加減になされよ。萩之介が生きておるのかと疑ったのです」

「しかし登紀殿、其方が思わせぶりなことを申すから妾も疑うてしもうたのだけれど、何のことはない、最後に留めを刺しているではないか。其方は忘れておった訳ではなかろう」

勿論忘れる訳もないと登紀は言う。

「ならばもしやも何もないのではないか」

「そうよねえ。ただ、あの葛籠、太い縄で幾重にも巻かれておりましたな」

「厳重に巻かれておりました」

「その懐剣を突き立てる際、縄を切ってしまってはいけないとお葉は言いましたでしょう」

「まあ――当然のことでは」

「ええ。そこで――お葉は縄の目の粗くなっておる処を示し、丁度此処は心の臓の辺りと言うた。覚えておらりょうか」

「そうであったかもしれぬが――そうだとして」

「ですから、丁度そこの処に野良犬の死骸でも入れておけば――まあ誤魔化せることではないかお実祢様。それならば」

実祢は懐剣に手を当てた。

「そんな——不浄な」

犬も人も死骸に違いはなかろうにと言い、登紀は更に笑った。

「しかし——犬というのは」

「いやいや、そうも思うたのだけれど——どうもそれはなかったようじゃ。例えばお葉が、吾(われ)等(ら)が離れた隙に萩之介を助け——逃がしたのだとして、そのお葉がこの期に及んで吾等(われら)を喚ぶ意味があろうかと思案してみたのだけれど」

登紀は額に指を当てた。

「例えば、萩之介とお葉の間に何か揉(も)めごとがあったか——或いは萩之介が吾達(わたしたち)に意趣返しをしようとしていることをお葉が知ったか——それくらいしか思い付きませんでした。そうならば、お実祢様と吾(わたし)に助けを求めておるか、吾達(わたしたち)二人に危険を報せようとしておるか——でしょう。でも、助けを求めるにしても危険を報せたのだとしても、萩之介を逃がしたこと、生きておることを隠す意味はないし、隠しておっては話も出来ますまい。だから、あれは——」

登紀はお葉の居る小屋の方に視軸を投げた。

「あれは——もう駄目でしょう」

「駄目とは何か」

「本人も言っていたでしょう。もう長くはない。きっと、あの日以来ずっと怯(おび)えていたのではないかねえ。怯えて怯えて——心が蝕(むしば)まれてしまうたのでしょう」

「それはつまり――」

「見えておるのではないですか。萩之介の姿が」

「登紀殿は、お葉は幻を見ていると言うのかえ」

「見ておる当人には夢も現も区別はありますまい。あの女、萩之介の亡霊に祟られて病んでしまったと思い込んでおるようだけれども、それは逆。己の罪に怯え、その揚げ句に心を病んだのでしょう。そして弱った体、弱った心が、更なる幻を見せておるのじゃ」

心の弱い女じゃこと、と言って登紀は更に笑った。

「見たでしょう、お実祢様も。あの顔色。あの肌。あの眼。あれはもう、死ぬでしょう」

「慥かに尋常な様子ではなかったけれど」

「なら」

早く死んで欲しいものですと登紀は言う。

「だから気休めなど言わずに、怖がらせてみただけ。今更、それは幻です気の病ですと言うたところで信じはしないでしょうし、ならば長く苦しむよりも早く楽になった方が良いというもの。違いましょうか」

怖い女よのうと実祢は小声で言った。

「お実祢様こそ人を殺しておいて何を言うのです。あの女が死ねば秘密を知る者はこの二人だけ。其の方が都合が良いわ」

登紀は軽やかに踵を返す。

「さあ、お実祢様。お前様はこれからまた悪所にでも参られるのか。吾は急いで戻らねば、部屋に居ないことが知れては大騒ぎじゃもの。それではお実祢様、もう会うこともありませんでしょうけれども、ご機嫌よろしゅう――」

登紀は肩の荷が下りたかのように軽やかに夜道を駆けた。

実祢はその背を目で追い、それから夜天を仰いだ。

遊ぶ気は失せている。いや、それ以前に最初から遊びに行く気などなかった。

登紀の言う通り、実祢は心の奥で何かを怖がっているのかもしれなかった。

――萩之介。

掘割の水音が聞こえて来る。既に子の刻は過ぎているだろう。

懐剣に手を当て、踏み出そうとしたその時。

ふう、と風が吹いた。

顔を背けると柳の枝が揺れていた。

その下に――。

萩之介がただ立っていた。

幽霊花

口入屋奉公人の朝は早い。

店を開ける前から、職に溢れた江戸中の者が門前市を為す。その前に掃除を済ませ、張り紙を張り替えておかねばならない。

江戸に口入屋は四百ばかりもあるが、牛天神口入処 辰巳屋は、葭町のちづか屋と一二を争う大店の桂庵である。

但し、辰巳屋の評判は必ずしも良いものばかりではない。仲介料の割が多いらしい、奉公先と結託して良からぬことをしているらしい、いいや、もっと質の悪い不正を働いているのだという風聞は、ことあるごとに巷に流れて止むことはなかった。

しかしどういう訳か辰巳屋の身代は盤石である。どれだけ悪評が立とうとも、どんなに泣かされる者が出ようとも、職を求める溢れ者は次から次へと押し掛ける。

だから奉公人達は休む間もない。

丁稚小僧どもが眠い眼を擦り乍ら軒下を掃き清めていると、そこに実祢が戻った。

小僧は実祢の様子を見て、少なからず驚いた。

実祢の朝帰り自体は珍しいことではない。

ただ、平素は素性の知れぬ取り巻き連中を大勢引き連れている。独りで戻ったとしても大抵は酔っている。小僧どもは、機嫌の良い時は揶揄(からか)われ、機嫌の悪い時は理由なく詰(なじ)られる。奉公人の多くは実祢の扱いに困っていたし、特に年若い丁稚小僧達は実祢を半ば怖がっていたし、嫌ってもいた。

その日。

未(ま)だ夜が明け切る前の薄明の中に立っていたお実祢は、明らかに憔悴(しょうすい)していた。酔っている風でこそなかったが、足の運びも不確かで、何よりも眼は虚(うつ)ろ、口は半分開いており、顔色も土気色になっていたのであるから、小僧どもが驚いたのも無理はない。

やや間を置いて、一番年長の丁稚が、

「お嬢さん、どうしました」

と声を掛けた。

しかし実祢の耳には聞こえていないようだった。実祢は茫然(ぼうぜん)とした佇(たたず)まいのまま丁稚どもの間を抜けて、一言も口を利かず店に入った。

帳場では、帳面を手にして小筆を咥(くわ)えた番頭の儀助(ぎすけ)が張り紙の文言に間違いがないか付け合わせをしていた。

儀助もまた、一目実祢の様子を見ただけでその異変に気付いた。

声を掛けようとしたのだが、しかし儀助は逡巡(しゅんじゅん)した。

儀助は実祢に向け手を伸ばしたが、結局何も言葉を発することが出来なかった。

ただ開きかけた口許(くちもと)から小筆が落ちた。実祢は儀助に一瞥(いちべつ)をくれることもなくふらふらと奥に進んだが、筆が板の間に当たった小さな音にびくりと肩を竦(すく)ませて、刹那(せつな)床(ゆけ)に目を遣(や)った。

筆はころころと二三寸転がった。

実祢は無言で奥に消えた。

「また朝帰りかねえ」

擦れ違うように奥向き女中頭のお竹(たけ)が顔を出し、のろのろと振り向いて、お嬢さんにも困ったものだねえと言った。

「悪い虫がつかぬよう気を付けねばならぬお齢(とし)頃じゃというに、毎夜毎夜の悪所通い、夜遊びに役者買い——あれではお嬢様の方が悪い虫じゃ。まあ、あの親にしてこの子あり、文句は言えぬけれども。寸暇(ちょいと)ご乱行が過ぎるのではないかえ。とはいうものの、旦那(だんな)様も——未(ま)だお戻りではないのでしょうや」

「お戻りになったとして、お午(ひる)は過ぎることでしょう」

「まったくねえ」

お竹は帳場に腰を下ろす。

「旦那様も旦那様じゃ。今に始まったことではないというても、老いて盛んの吉原(なか)通い。能(よ)く続くもの」

儀助は苦笑する。

「お元気なのは良いことで御座いますよ」

「幾らお元気じゃというても、もう五十の坂を越しておられよう。そろそろ隠居したとて良いお齢というに。番頭さんも気が気ではあるまい。この店を回しておるのはお前さんだ。其方(そなた)は幾歳(いくつ)になられたな」

三十ですと儀助は答えた。

「妾(あたし)よりも長かろう」

「はあ。十四で奉公に上がりましたので、十六年ですよ」

「ならもう暖簾(のれん)分けくらいしても良い時期であろうにな」

とんでもないと儀助は手を振る。

「手前は未(ま)だそんな」

「何を言うかね。この辰巳屋はお前さんで保(も)っておるようなものじゃないか。奉公人は皆承知しておりますぞ。旦那様は――遊んでばかりじゃ」

「そんなことは御座いませんよ、お竹さん。お大名が参勤交代のためにお雇いになる徒侍(かちざむらい)だのご公儀の大きなご普請の人足だの、大口の仕事は全部旦那様が受けていらっしゃるのです。入れ札で落札されるのも凡(すべ)て旦那様。この店の稼ぎの半分以上は旦那様が齎すもの。手前はそうした仕事にはいまだに触らせて戴(いただ)けないのです。手前などは、店先で小口の商売(あきない)を回しているだけですから」

それにしたってねえ、とお竹は言う。

「代替わりしない訳にもいかないだろうに」

辰巳屋には跡取りが居ない。

「素人娘囲ったり商売女身請けしたり、女出入りにはこと欠かないけれど、旦那様は独り身で御座んしょう。お嬢様だとて、あれは妾腹の子でしょう」

「旦那様は独り身なのですから、妾腹というのは当てはまりますまいよ」

「そうだねえ」

お竹は苦苦しく笑う。

「まあ、何処かの大店の娘を孕ませて、捩じ込まれて子供だけ引き取ったようなことを聞いたけどもねえ。いずれにしたってあのお嬢様に婿を取らなきゃ、この店は絶えちまうだろうさねえ。婿というならお前さんしか居ないけれども」

お竹は奥の方を見る。

「あのお嬢様じゃあねえ」

「莫迦なことを言うもんじゃないよ、お竹さん。手前なんぞは未だ未だ半人前、こんな大店など継げるものかね。それ以前に旦那様は身代を他人に渡す気はないだろう」

「そうはいってもさ」

「この辰巳屋は一代限りと思うていなさるように思うよ。それからね、お竹さん。お実祢様は言う程に——悪い娘ではないよ」

儀助も奥に視軸を向けた。

お竹は、おやおやと呆れたような顔をして、あんたが良けりゃ何でもいいけどもさと投げ遣りに言って奥に去って行った。

儀助は暫く廊下の先を見詰めていたが、徐に二番番頭の仁平を呼び、筆と帳面を渡して後を任せ、奥へと進んだ。

実祢の様子が気になったからである。

余りにも普段と様子が違っている。もしかすると体の具合でも悪いのではないかと案じたのであった。儀助は実祢の部屋まで進み、襖の前で身を屈めた。

「お嬢様。お嬢様。儀助で御座います。大事御座いませぬか」

返事はなかった。

「お嬢様。お顔の色がお悪いようにお見受け致しましたが、何処かお加減でも悪いのではありませんか。何ならば、医者坊をお喚び致しましょうか」

矢張り返事はない。

さっきの今であるから、寝入っている訳もない。

「お嬢様、大丈夫ですか。お開けしても宜しゅう御座いましょうか」

襖に手を掛け、儀助は再び逡巡した。

実祢の部屋の襖など開けたことがない。使用人が主人の娘の部屋の襖を開けるなど、あってはならぬことである。しかし、主の留守中にもしものことがあっては申し訳が立たない。実祢の様子は只ならぬものであったのだ。

儀助は迷いを振り切って、襖を開けた。

実祢は蹲り、頭を畳に付けて震えていた。

「お、お実祢様。如何なさいました。大丈夫で御座いますか」

儀助は部屋に入り、実祢の肩に手を差し伸べ、触れた。普段の実祢であるならば、悪態を吐いて手を撥ね除けるだろう。儀助は、当然そうなることを期待していた。

しかしそうはならなかった。

実祢はびくりと体を起こし、儀助に縋り付いた。

「お、お嬢様。どうなされたのです」

「ぎ、儀助。儀助か」

「儀助に御座います。どうなさいましたかお実祢様。お医者を」

「医者などに用はない。そうじゃ、と、床を延べさせよ」

「お加減が悪いのでは」

「いいから床を延べさせよ」

儀助は立ち上がった。

実祢は儀助の裾を摑んでいる。

「お、お嬢様――」

はっとして手を放し、実祢は両肩を抱いてまた蹲った。

尋常ではない。

儀助は廊下に出て、女中を呼び、床を延べるように言い付けた。お竹が奥から顔を出し、直(す)ぐに何人か女どもを寄越(よこ)した。女どもは一様に実祢の姿を見て怪訝(けげん)そうにしたが、どうすることも出来ず、実祢を避けるようにして蒲団(ふとん)を敷いた。

敷き終わるや否や、実祢は体を起こして女どもを睨(にら)んだ。

その形相が余りにも恐ろしげだったので、女どもは声にならぬ悲鳴を上げ、頭を何度も下げて逃げるように去った。儀助は廊下に立ったまま為す術(すべ)もなくその様子を眺めていたが、部屋の中に目を投じると、実祢は着替えもせず足袋(たび)も脱がずに頭から蒲団を被(かぶ)っていた。

「お嬢様――何があったので御座いますか。お水か何かお持ち致しましょうか」

「要らぬ」

「しかし」

煩瑣(うるさ)いあっちへ行けと実祢は蒲団の中から怒鳴った。

「しかし、お加減が悪いのではないのですか。何かあったならお話しくだされ。出来ることは致します故に――」

「お前などに」

実祢の声は震えていた。

「お前などに話したところで判りはせぬわ。いいや、話すことは出来ぬ。死んでも」

実祢は被った蒲団の端を持ち上げ、中から充血した眼で儀助を見上げた。

「しんでもはなせぬ」

「お実祢様――」

儀助は背筋が寒くなった。

まるで何かに取り憑かれてしまったかのような、悲愴な顔だったからである。

「何処かに行け。独りになりたいのじゃ」

そう言って実祢はまた蒲団を被った。

儀助は実祢から離れ、立ち上がって二三歩後退った。

「お嬢様。そ、それでは」

「いいから消えておくれ」

襖を閉めてお行きよと実祢は怒鳴った。

儀助は力なく後に下がり、後ろ向きのまま敷居を跨ぎ廊下に出ると、静かに襖を閉めた。

帳場の方から仁平が、勝手の方からお竹が顔を出した。

「店を開ける用意は整いましたが――」

「ご苦労様だね。じゃあ皆を揃えて朝餉を――」

「お嬢様は――どう致しますかね」

お竹は不安げに襖を見る。

「お実祢様、何処か悪いので御座んすか」

「そのようだが――朝餉はお召し上がりにはならないでしょう。手前も今朝は要りません。それよりもお竹さん、お供えは――」

いつものところにご用意してありますわいとお竹は言った。

辰巳屋の中庭には小さな稲荷神の祠がある。主の棠蔵が勧請したものらしいが、棠蔵自体はほぼ参ることをしない。毎日、朝餉前にお参りをし、供え物をするのは儀助の役目である。命じられた訳ではなく、自発的にそうしている。

稲荷社への参拝は、丁稚の頃から始めたことである。初めのうちは気の向いた時に参る程度だったが、そのうち毎朝になった。手代になって以降、今日まで一日も欠かしたことはない。

儀助の親は奉公に上がって間もなく亡くなっている。だから儀助は藪入りに生家に戻ることもなく、毎日参ることが出来たのである。

棠蔵が何故に中庭に稲荷社を勧請したのか儀助は聞いていない。ただ理由はどうであれ、棠蔵が社を大事にしている様子はなかった。参ることもなく手入れもしない。寧ろ避けているようにも見えただろう。

それも不思議なことではあるが、店の者は誰も社に就いて触れることも語ることもなかったし、また主に倣うかのように参ることをしなかったから、社は荒れていた。

少しずつ貯めた銭で朽ちた鳥居を建て直したのも儀助であった。

毎日の供え物代も儀助が出している。尤も、お竹は儀助が出した銭は使わずに貯め、供物代は賄いを遣り繰りして捻出している。大した額ではないものの塵も積もれば山、何かの時は儀助に戻そうとお竹は考えている。

儀助はそれを知らない。

儀助は供え物の油揚げの載った皿を持って鳥居の前に立った。

朝餉の前に供え、手を合わせ、夕餉の後に片付ける。それが日課になっている。

若い時分は、早く一人前の奉公人になれますようにと願っていたと思う。それがいつの間にか商売繁盛の祈願になり、いつの頃からか無心になった。

毎日毎日繰り返しているから等閑になってしまった訳ではない。これが信心の正しい在り方だろうと儀助は思う。神仏に何かを強請るのは、要は己の慾を満たさんがためである。我欲のために神仏を頼るのはあまり正しい在り方と儀助には思えなかった。そうであってはならぬと思う。ただ無心に、昨日の平穏無事に感謝し、今日一日も平穏無事であるように祈る、それが正しいのではないかと儀助は思っている。

だが今日は違った。

儀助は――実祢の身を案じていた。

平素の気紛れか癇癪か、そうしたものであるならば案ずるまでもなかろうが、どう見ても実祢の様子は怪訝しい。何か悪いものにでも取り憑かれて、物狂いにでもなったか。

そうしたものであるならば。

儀助は柏手を打ち、手を合わせて頭を垂れた。

平素はすうと無心になるのだが、どうしてもあの実祢の恐ろしげな顔が浮かぶ。儀助はその覚えを振り払うべく長めに祈ったが、蒲団の陰から覗いたあの実祢の顔は、瞼の裏に焼き付いてしまったかのようで、迚も消えるものではなかった。

已むなく儀助は眼を開けた。

古びた社の蔭に赤いものがちらりと見えた。鳥居の朱ではない。それはもっと、ずっと鮮やかな紅だった。

目の迷いかと儀助は瞼を擦り、再度見てみた。

その紅は直ぐに社の後ろに隠れた。

——花だ。

いや、それは花の図柄であった。

真っ赤な花の絵が染め付けられた着物の裾——ではなかったか。

儀助は視軸を上げた。

半ば朽ちかけた社の屋根に半分隠された、白い顔が見えた。

この世のものとは思えない程に綺麗な顔だった。

息を呑み、儀助は暫く動けずに居た。

その綺麗な人は——。

笑った。

「実祢の身を案じておるのか」

儀助の処から口許は見えない。

まるで稲荷神に託宣を受けているかのようである。

「ど——」

何方(どなた)か——と、儀助は漸(ようや)くそれだけを言った。

その人は何も答えず、何かを顔の前に掲げた。

狐の面のようだった。

「悪しき因は、悪しき果を生もう」

「な、何と」

その人は顔の前に狐面を翳(かざ)したまま社の横に出た。

儀助は声を出すことが出来ず、足も竦んでしまっていた。

「実祢の身に降り掛かりし災厄の胤(たね)は凡て——」

狐は前に出る。

儀助は足を動かせず、しかしどうにも畏(おそろ)しかったので、身を後ろに引いた。

儀助は結局、尻餅(しりもち)を突いた。

狐はそんな儀助を見下ろし、

「この家の主(あるじ)にある」

と言った。

「あ、主——それは旦那様のことで」

狐はその問いには答えず、更に一歩前に出た。

「禍(まが)ごとは続くぞ」

「何と仰せか。あなたは、あなたは何方様で」

「娘に累が及ぶことを厭（いと）うなら」

お前が護（まも）れと狐は言った。

そして左手に持った真っ赤な花を一輪、儀助の鼻先に向けて差し出した。

「これは」

幽霊花だ。

狐は微動だにしない。

儀助はつい手を伸ばし、その赤い幽霊花を抓（つま）んでしまった。

抓んだ途端に狐は手を放した。儀助の指に幽霊花が残った。

「これは、お前様は――」

顔を上げたが、既にその人の姿は掻（か）き消えていた。

この紅は――毒だ。

儀助はそう聞かされていた。毒があるから虫除（むしよ）け獣除けに墓に植える。墓に咲くから幽霊花なのだと、その昔誰かから聞かされた。儀助はそんなことを思い出していた。

慥（たし）かに、毒毒しいまでの深紅である。

花弁の周りに突き出す髭（ひげ）も禍禍（まがまが）しい。

噫（ああ）、自分は毒を持っている。

「何をしておるか」

背後から声を掛けられ、儀助は尻餅を突いたまま腰を抜かした。

声を掛けたのは主、辰巳屋棠蔵であった。

「おい、儀助。お前はこんな処で一体何をしている。店は疾うに開いておるぞ。もう午ではないか」

「そ」

そんなに長く放心していたか。

「だ、旦那様、お戻りになられましたか」

儀助は向き直り、棠蔵を見上げた。

「何を言うておるのか。いったい何ごとか。こんな処に座り込んで呆けおって、気でも怪訝しくなりおったのか。何をしておるか、答えよ」

「いえ、今、いいえ、先程――」

儀助は社を顧みる。

「あ、彼処に狐が」

「お江戸の真ん中に狐公などが居るものかい。腹を空かせた赤犬でも紛れ込んだのを見間違うたのであろうに」

「いえ、そのようなことは――その――獣ではなく、人が」

「誰が居ったか」

「それが、見知らぬ者にて」

虚け者と棠蔵は怒鳴った。

「此処(ここ)は往来ではないぞ。店の中庭に知らぬ者など居(お)るものか。余所者(よそもの)が居(お)ったなら盗人か何かではないか。一体どうしてしまったのだ儀助。こんな時にお前まで」

そこで、棠蔵は儀助の手許に目を留(と)めた。

「お前、何を持っている」

「はっ」

儀助はそこで幽霊花を手にしていたことを思い出した。

「これは、ですからその」

後ろ手に隠そうとしたその手を棠蔵が摑んだ。

「こ、こんな——不吉なものを何故持っておるか。縁起でもない。お前、真逆(まさか)」

言いかけて棠蔵は口を噤(つぐ)んだ。

「こ、これは、その、其処(そこ)におりました者より」

「見え透いた弁明(いいわけ)は聞きとうないわ。まあ——それこそ偶(たまさ)かのことなのであろう」

棠蔵は首を振り、考え過ぎじゃ考え過ぎじゃと繰り返すと、幽霊花を義介の手から奪い取った。

「こ——こんなものは何処にでも咲いておろうしな。それよりも、実祢は戻っておるのだろうな。姿が見えぬようだが——」

「はい。朝方——あ、いいえ、その」

構わぬと棠蔵は言う。

「あれの夜遊びは承知しておる。しかし、昨夜も遊びに行ったとなれば――そう案ずることもなかったということか」

「案ずる――とは」

棠蔵はおそろしく不機嫌な顔になった。

「お前には関わりのないことだ。で、まあお実祢は普段通りであったのだな」

棠蔵は安心したかのようにそう言うと、矢張り杞憂であったのだなと、誰に言うとでもなく呟いた。

「では――また酔うて寝ておるか、あれは」

「いえ――それが」

「何だ。そうではないのかな」

「いえ、お休みになられてはいるのですが、その」

「様子か違っておったとでも言うか」

「はい。どうもお嬢様はお加減が悪いようで――と、申しますよりも、何かに怯えておられるような」

「怯えておると言うか」

「手前の目にはそのように映りましたが」

棠蔵は顎に手を当て、顰め面をして。腑に落ちぬという様子で幾度か首を捻った。

「それは――真か儀助」

「はあ、手前の物言いが悪いのかとも思いまするが——申し訳御座いません、旦那様。斯様な物言い、さぞやご心配で御座いましょう」

　棠蔵は腕を組んだ。

「手前も、医者をお喚びしましょうと何度も申し上げたのですが」

「医者など役には立つまい」

「何と」

　棠蔵は踵を返し、儀助に背を向けた。

「儂は な、これから上月様の処へ行く」

「作事奉行様の上月様で御座いますか」

「他に居るか。帰りは遅くなるかもしれん」

「そ、それでは」

　棠蔵は肩越しに儀助を見た。

「実祢のことはもう構うな。お前はただ商売に精を出せば良い」

「しかし」

「良いと申したら良いのだ。ただ、あれが何処かに行こうとしたなら止めておくれ。儂が戻るまで、決して家から出さぬよう、他の者にも言うておきなさい」

　頼んだぞと言い、棠蔵は裏口の方へ歩を進めた。

　儀助はその背中を見えなくなるまで見詰めて、帳場に向かった。

鐘が六つ鳴った。

実祢の部屋の障子が夕陽に染まった。

実祢は、恐る恐る蒲団を持ち上げた。ずっと頭から蒲団を被って震えていたのだが、いつの間にか眠ってしまっていたらしい。部屋は微昏(うすぐら)くなりかけていた。

橙色(だいだいいろ)の薄明かりが障子の桟を黒黒と浮かび上がらせている。

畳の上には儚(もう)とした影が落ちている。

部屋の四隅は既に暗い。

実祢は突然怖くなった。

夜が——来る。

せめて明かりを燈(とも)さなければ。暗闇は——。

怖い。

昏(くら)がりにあの男が——居たら。

のろのろと身を起こしてはみたものの、実祢は蒲団から出るのが恐ろしい。肌が外気に触れるのが——怖い。

見てしまったからだ。死んだ筈(はず)のあの男を。

お葉の言っていたことは真実(ほんとう)だ。

あの男は慥(たし)かに居た。

幻などではない。死んだ筈の、殺した筈のあの男が。

萩之介が来る。

生者ではないのだ。生きていない者は殺せない。勿論、布や綿などで防げるものではなかろう。それでもないよりはましだ。だが――。

この蒲団と体の隙間に。

あれが居たら。

此処に。

思い描いた刹那、実祢は小さく悲鳴を上げて蒲団を撥ね除けた。

両肩を強く抱く。

己の肩に食い込んだ指先の感触が、あの男の頸を絞めた記憶と重なる。

憎かった。

この男だけと思うたに。他の女と情を交わしておろうとは。しかも、あんな、登紀の如き高慢な、嫌な女と。お葉の如き下賤な、愚かな女と。あんな者と通じておろうとは。

腸が煮えた。息が詰まった。胸が押し潰された。

目の前が白くなった。

殺そうと言い出したのはお葉だったか。登紀だったろうか。

そう、殺すしかないと思ったのだ。

だから。

ふ、と障子に影が差した。

男の影だ。

「だ、誰じゃ。儀助か。儀助――」

「儀助で御座います。何か御用で御座いましょうか」

声は反対側――襖の方から聞こえた。

「え――」

お嬢様お嬢様という儀助の声がする。

「先程、何か叫び声のようなものが聞こえたようで御座いますが、何か御座いましたか」

儀助は廊下に控えているのだ。

すると――。

障子が一寸ばかり静かに開いた。

その隙間から。

実祢は息を呑んだ。

声が出ない。お嬢様、お実祢様と呼ぶ儀助の声が聞こえる。大声を出して儀助に助けを求めればいいのか。そうすれば助けて貰(もら)えるのだろうか。

怖い。

怖くて見られない。

障子は少しずつ開いて行く。

「ぎ――」

声が出ない。

「お嬢様。開けますよ」

「あ――開けてはならぬ」

実祢は何故か己の意思とは裏腹の言葉を発し、儀助を止めた。

「入ってはならぬ。去ね」

何故自分は儀助を遠ざけようとするのか、それは実祢にも判らない。

もしかすると――。

会いたいのか。あんなに憎んでいたのに。あれ程憤っていたのに。だからこの手で頸を絞めて――殺したというのに。そう、殺したのだ。実祢が。

実祢はずっと背を向けていた障子の方にゆっくりと顔を向けた。

障子は五六寸開いていた。夕陽を背負った真っ黒な影が居た。

顔が半分だけ覗いている。

――萩之介。

萩之介だ。影になっていても判る。

「う――」

恨んでおるのかと実祢は言った。

「お前が、お前が悪いのだ。あんな、あんな――」

影は何も言わない。

「お、お前が先に裏切ったのだ萩之介。何もかも——お前が悪いのだ」

実祢は畳を擦って障子の方から離れた。

「恨むなら登紀を恨め。お葉を恨め。お前を殺したいと言い出したのはお葉だ。殺そうと決めたのは登紀だ。妾(あたし)は——妾(あたし)は」

頸を絞めた。

妾(あたし)は悪くないと言って実祢は手許に転がっていた枕を掴み、影に向けて投げた。

枕は届かず、畳の上を転がった。

「く、来るな。こっちに来るなっ。お前は死んでおろう。これは幻じゃ。夢じゃ」

夢じゃ夢じゃと言って実祢は部屋の隅まで後退した。

影は全く動かなかった。

「は——萩之介」

実祢は初めて声に出してその名を呼んだ。

影はよりその玄(くろ)さを増し、部屋は一層に暗くなっていた。

玄い影はすうと障子の隙間から手を差し伸べた。その指先から、花が一輪伸びていた。

影はその花を放った。

花は、音も立てずにぽたりと実祢の前に落ちた。

——これは。

「お嬢様っ」

襖が開けられて儀助が飛び込んで来た。

「どうなさったのですかお実祢様っ」

「ぎ、儀助——」

実祢は一度儀助の顔を見て、これ以上開かぬというばかりに眼を見開き、唇を戦慄(わなな)かせ、震える指で庭の方を指差した。その指と視軸が示す方を儀助は見たのだが、其処には閉じた障子があるだけであった。

「確乎(しっか)りなさいませお実祢様。話し声や怒鳴り声が聞こえておりましたが、何方かいらしたのですか。お実祢様」

儀助は実祢に近寄りその肩に手を置いた。実祢は赤児のように身を縮め、儀助の着物を強く摑んだ。

唇は動いているが声は出ておらず、その動きも言葉を話しているようには思えない。

儀助は已むなく暗くなりかけている部屋の中を見渡した。

枕が転がっており、蒲団は蹴(け)り飛ばしたように乱れている。

そして、儀助は自らの足許に何かが落ちていることに気付いた。

既に陽は落ちている。部屋は暗い。最初はそれが何なのかまるで判らなかった。

手を伸ばし、触れる。

「幽霊花——」

「ゆ、幽霊」

実祢は声を上げた。

「幽霊――花」

「お実祢様。この部屋に誰か来たので御座いますか」

実祢は激しく首を振った。

「夢じゃ。夢を見ただけ。あんなものは」

「いや、しかし――もしや、あの」

あの男がと儀助は言った。実祢はすっと表情をなくした。

「儀助。お前、真逆あの」

あの人を見たのではあるまいな。

実祢はそう言って儀助の襟を摑んだ。

「どうなのじゃ。見たのか、あの人の姿を」

「お、お実祢様。あの人というのは、この、幽霊花を染め付けた着物を着た」

大層綺麗なお方のことで御座いましょうか。

儀助がそう答えると、実祢は手を放し、力が抜けたようにその場に伏せた。

「お前に見えたならば――夢でも幻でもないか」

「あの、あのお方は何方様なので御座いまするか。お実祢様のお知り合いで御座いましょうか」

「ああ――」

あれは。

死人じゃと言って、実祢は顔を伏せた。

「何と仰せか。お嬢様、お嬢様確乎りなさいませ。お、おい。誰か、誰か来ておくれ」

儀助は再び実祢の方に手を置き、軽く揺すった。

「番頭さん」

開け放った襖の陰から声がした。

「誰だい。仁平さんかな。すまないが、お竹さんか誰か女衆を喚んでくれないかね。後、明かりを——」

「番頭さん。旦那様がお帰りです。番頭さんに直ぐに来るようにと」

「旦那様が——」

儀助は一度実祢の顔を見据え、それから帳場の方に顔を向けた。

「諒った。諒ったが——」

儀助は静かに実祢を寝かせ、暫くお待ちくださいと言って立ち上がった。

「旦那様は帳場だね。お嬢様のお加減は良くない。後をお願いしますよ」

儀助は幽霊花を手にしたまま、幾度も振り返りつつ、廊下に出た。

儀助の姿が見えなくなってから——。

廊下に朦と火が燈った。

儀助を喚びに来た男が手燭を燈したのである。だが、それは。

仁平ではなかった。

手燭の明かりが尾を引いてすうと移動する。

まるで人魂（ひとだま）の如しである。

実祢は突っ伏したまま震えている。手燭を持った男は無言で部屋に入り、実祢の直（す）ぐ側まで進むと身を屈め、自（おの）が顔を実祢の顔の横に寄せた。そして、耳に息が掛かる程に唇を寄せて、

「お実祢」

と言った。

実祢は顔を上げる。

手燭に照らし出されたのは――。

「萩之介」

白面の麗人は、笑った。

実祢は悲鳴を上げた。

萩之介は獣のようにひらりと身を離した。

「お、おのれ。おのれ亡魂。死人に何が出来よう。地獄に堕（お）ちよ」

実祢は懐剣を抜き、萩之介に斬り掛った。ただ足は蹌踉（よろ）けており、身体はふら突いていたから、凡（およ）そ傷付けられるものではない。萩之介は刃（やいば）を避け乍（なが）ら舞でも舞うように実祢の周囲を周り、時に顔を寄せて、

「お実祢」

と名を呼んだ。

「黙れ、黙れ黙れ、消え失せよ」

実祢は出鱈目に懐剣を振り回す。萩之介はまるで嘲笑うかのように刃を身軽に躱し、跳ねるように廊下に出た。身を返し、実祢に向けて自が顔を照らす。

「お実祢」

「黙りや、こ、この化け物めッ」

よたよたと進む実祢を阻むように、萩之介は襖を閉めた。

「妾はお前を好いておったのに。こんなに好いておったのに。お前が悪いのじゃ。だから殺してやったというに、何を今更――」

実祢は懐剣を構え、吸い寄せられるように襖に向かった。

その時――。

襖が開いて。

幽霊花が。

「何度でも殺してやろうぞ」

実祢は懐剣を突き出した。

「お――お、お実祢お前ッ」

懐剣は棠蔵の胸に突き立っていた。

「お、おみね」

「黙れと言うに」

既に何も見えていないらしい実祢は、父の胸を何度も突いた。

「お嬢様っ」

儀助が実祢に取り付いた。

「お嬢様、な、何をなさいますか」

「消えろ消えてなくなれ」

「お気を確かに」

お嬢様と怒鳴り付け、儀助は実祢の腕を掴み血塗(ちまみ)れの懐剣を奪い取り放り投げた。滅多刺しにされた棠蔵は一度回転し、仰向(あおむ)けになって倒れた。

その手には儀助から渡された幽霊花を握っている。

棠蔵は多分、何が起きたのかすら理解せぬままに。

絶命した。

「お実祢様ッ」

儀助は尚(なお)も暴れる実祢の頬(ほお)を打ち、そして抱き留めた。

「お実祢様。落ち着かれよ。落ち着いてくだされ」

「ぎ――儀助」

不意に我に返った実祢は、精気が抜けたかのように儀助の腕を抜けて崩れ落ちた。

忘我の様子で中空を漂っていた実祢の視軸は、やがて畳の上に落とされた。

血塗れの辰巳屋棠蔵が事切れていた。

「お——父様」

そして血に染まった両の手を見る。

「あ——妾(あたし)は。あ、あの男は、萩之」

そこで儀助は実祢の口を塞(ふさ)いだ。

「あの男はもう居(お)りません。そしてこれは、お実祢様の為(し)たことではない。凡てはあの男の仕業で御座います。宜しいですね」

「で、でも」

「宜しいですね」

そう言うと儀助は実祢を強く抱き、大声で人を呼んだ。

火事花

突然の来訪者に神妙な顔で近江屋源兵衛が廊下を足早に進む。

表情は険しい。これまでにはなかったことである。

襖（ふすま）を開けると、同じく厳しい表情の的場が身を固くして座っていた。予（あらかじ）め人払いをしてあるから、座敷には誰も居ない。的場は作事奉行の用人である。高高一商人である近江屋の店を訪れることなど、平素はない。用がある時も隠密（おんみつ）裏に呼び付けられる。

双方が特別な関係にあることは、秘密なのである。

源兵衛は真向かいに座った。

「何ごとで御座いまするか。何があっても誰も寄り付くなと店の者には令（いいつけ）ておきましたが」

「棠蔵が死んだ」

的場は短くそう言った。

「棠蔵が——それは、いや、一体何が御座いましたか」

「殺されたのだ。表向きは盗人（ぬすっと）が入ったということになっておるようだが、多分違う。番頭と娘の姿もない」

「娘——実祢で御座いましたか」

「あれは実祢か番頭が殺したのだと見た」

「何故で御座いますか。何故娘が父親を——」

「お前の娘を喚べ」

的場はそう命じた。

「登紀を——で御座いますか」

「そうだ。昨日話したであろう。お前の娘と棠蔵の娘は」

人殺しだと的場は言った。

「それは——」

「未だ信じられぬようだな。拙者の耳が、言葉が信用出来ぬか」

「それは」

源兵衛が半信半疑でいることは間違いない。上月家の奥女中と辰巳屋の娘、そして己の娘が共謀して男を殺したなどという話を聞かされて、はいそうですかと直ぐに納得出来るものではないだろう。

だが。

「だがな、棠蔵は現に殺されておるのだ。お前は、まるで関わりがないと言い切れるのか」

「それはそうで御座いまするが、喚んでどうしようというので御座いまするか」

「問い質すのだ」

「問い質すと——仰せられますと、何を」

「何もかもじゃ。当人の口から聞くのが何よりであろう。男を殺したというが真実かどうか問い質すのだ。真実であったとしても、我等が一件とは関わりなし、ただの痴情の縺れであるのなら、それで終いだ。違うか」

「違いませぬが——ことは人殺し、素直に白状致しましょうかな」

「己の娘ではないか」

「親子と雖も人を殺したとなれば」

馬鹿者、と的場は一喝した。

「では放っておくと申すのかその方は。それでも親か。自が娘が罪を犯したやもしれぬということになれば、何としてでも真偽を正し、責めを負うのが筋ではないのか」

「それを——あなたが仰せになりますか」

源兵衛は的場を睨め付ける。

「今でこそ立場が違いまするが、我等は」

「場合に依ってはその立場が揺らぐと申しておるのが解らぬのか。貴様の娘の所為で、その首が三尺高い処に載ることもあり得るのだ。未だ解らぬのか」

「そんなことがありましょうかな。御前の杞憂では御座いませぬか」

「だから確かめようと言うておる。尋けば済むことだ。我等の昔とは何の関わりもないとなれば、後は奉行所に付き出すなり揉み消すなり好きにしろ」

そう言われ、源兵衛は不満げに顔を背けた。

先ず、己の娘が人殺しだと源兵衛には思えない。到底信じられない。縦んば本当であったとして、そうならばどう立ち回るべきなのか源兵衛は判じ兼ねている。

手塩に掛けて育てたという自覚はない。

ただ何不自由なく育てたつもりはある。

手は掛けなかったが金は掛けた。目は掛けずとも人手を掛けた。だからこれまで、娘のことで悪い話を耳にしたことは一度もない。

少し前に想い人が出来たから何としても添いたいと言い出し、随分と驚いた。それまで娘の口から我儘など聞いたことがなかったからだ。尤も、どんな望みも叶えてやっていたのだから我儘など言う筈もなかったのだが。その想い人を——。

殺したのだという。

源兵衛はどうにも納得が行かぬ。的場が不満そうにその顔を眺める。

「何か不服なのか。それとも真実を知るのが怖いのか源兵衛」

「ふ、不服など——」

源兵衛は重い腰を上げ、廊下に出て手を叩いた。

「誰か。誰か登紀を喚びなさい。此処に来るように言って。いいですか、一人で来るように言うのですよ。大事な用ですからね。今直ぐ、急いで来るように。それから、こちらには誰も近付けないように。用があればこちらから行くからね。何があっても来てはいけないよ」

そう大声で言い、源兵衛は襖を閉めて元の場所に座った。

的場の顔を真正面から見ず、源兵衛は庭の方や畳やらを不自然に眺める。的場は何か嫌なものでも見るように頬を攣らせて源兵衛を睨んだ。暫く、無言の間が空いた。

やがて襖の外から登紀に御座いますという声が聞こえた。

お入りと源兵衛が言うと、襖は開いた。

普段と変わらぬ様子の登紀が居た。登紀は低頭し、お呼びで御座いますかと言った。

「早く入りなさい。一人だな」

「はい」

座敷に入り襖を閉めて、登紀は其処に座って再び頭を下げた。

「これが娘の登紀で御座います。此方に来なさい」

源兵衛は左側に退け、的場の正面に登紀を座らせた。

「此方は――存じておろう。上月様のご用人、的場様だ」

「父がお世話になっております。近江屋源兵衛が娘、登紀と申します」

「挨拶は良い」

的場はそう言った後、源兵衛を更にきつく睨み付けた。

源兵衛に口火を切れという無言の指示のようである。源兵衛は苦虫を噛み潰したような顔になり、不承不承口を開いた。

「あ――そのだな、登紀、そうだ、昨日、辰巳屋に押し込みが入ったそうでな」

「辰巳屋——と申しますと」

何のお店(たな)で御座いましょうやと登紀は言った。

「申し訳御座いませぬ。世間が狭(せも)う御座います故、そのお店を存じませぬ。押し込みとは恐ろしげなお話で御座いますが——」

「恍惚(とぼ)けるか」

的場は短く言った。

「はて」

登紀は言葉を切り、前傾して的場を見上げた。

「何か不調法なことを申しましたでしょうか。お気に障られましたのであれば」

お詫(わ)び申し上げますると言い、登紀は深深と頭を下げる。

「しかし存じ上げぬものは——」

「黙れ。登紀とやら。その方は儂(わし)が何も知らぬとでも思うておるのか」

「何のことで御座いましょう」

登紀はゆっくりと顔を上げた。

的場はその目を見返す。

「その方、一昨晩上月家の敷地内に忍び込んだであろう」

「さあ。身に覚えが御座いません」

登紀ッと源兵衛が声を上げた。

「お前――」

「知らぬものは知りませぬ」

的場は笑った。

「不敵な面構えをしおるわ。源兵衛。このお前の娘、お前などより余程肝が据わっておるようだな。良いか登紀よ。お前があの晩、辰巳屋のお実祢と共に物置小屋でお葉と密会したことは先刻承知のことなのだぞ」

「ですから吾(わたし)は」

「偽りを申すな。能(よ)く聞け。お葉の言を聞き入れて、老い耄(ぼ)れの中間(ちゅうげん)を使いに立てたのも、裏の木戸を開けておけと命じたのも――この儂なのだ」

「おや」

恐れ入りまして御座いますと言い、言葉と裏腹に登紀は微笑んだ。

「それでしたら、的場様はもしやあの晩、何処ぞに身をお隠しになって盗み聞きをしていらっしゃいましたかのう」

「こ、これ登紀、お前は何という失礼なことを」

盗み聞きしておったのだと、的場は源兵衛の言葉を遮って言った。

「では、何もかもお聞きになったのですね」

「聞いた」

「そうですか。それでは」

申し開きは出来ませんことねえと言って、登紀は横を向いた。

「大身のご用人ともあろうお方が、鼠でもあるまいに天井裏にでも隠れておられたので御座いますするか。ああ、あの破れ小屋には天井裏など御座いませぬか。ならば裏の藪にでもお潜みになられて、聞き耳を立てていらっしゃいましたか」

登紀は声を上げて笑った。

「登紀、お、お前――」

源兵衛は腰を浮かせる。的場はそれを手で制した。

「すると、あの場で申しておったことは事実なのだな。お前達は三人掛かりで、その、萩之介なる者を謀殺したと申すのだな」

はい、殺しましたと登紀は当たり前のように答えた。

「と、登紀」

「心配なさらなくても結構ですお父様。手を下したのはあのお実祢。話を持ち掛けてきたのはお葉。吾は薬をば飲ませ、連れ出しただけ」

「お、同じことではないか。人殺しなど――」

登紀は父親に冷ややかな眼差しを向けた。

「お父様。あの男は吾に恥をかかせたのですよ。吾は、慥かにあの男に焦がれ、一度は二世を誓いました。思えば、目が曇っておったのでしょう。そうであったとしても、あの萩之介は選りに選ってあんな下賤な女と――実祢などとこの吾を天秤に掛けたのですよ」

「下賤とはまた妙な言種よの。辰巳屋もこの近江屋も身分は変わらぬぞ。それに辰巳屋とて身代は大きかろう」

「身分ではなく人品骨柄のお話で御座います。実祢という女は、夜な夜な悪所に通い、半端者与太者と愚行蛮行を繰り返しておる廃者。あんな女と一緒にされるのは、如何にも業腹。宜しいですかお父様。あの男は吾を騙したのですよ。勿論、吾はまんまと騙された己を大いに恥じております。しかしそれでも我慢がなりませんでした。あんな実祢のような女と」

登紀は畳を拳で打った。

「ことが知れた時は、お店を乗っ取るつもりだったのかと考えたのです。吾か実祢か、いずれかを籠絡し婿にでも入るつもりであったのか——と。つまり」

「店の身代目当てということか」

「はい。それならどれ程素行が悪かろうが性根が曲がっておろうが関わりなきこと。大店の娘であれば誰でも好かったのかと、そうも思ったのですが、それは違っておりました。あの男はお葉とも情を交わしておったのです。お葉は——」

「慥かに、あの者はただの女中だ。お葉に取り入ったところで利得はなかろう」

「ええ。あれ程不実な男がおろうとは」

「だからといって登紀——殺すというのは」

殺すしかないでしょうと登紀は言った。

「吾はあの男と幾度も閨を共にしているのですよお父様」

「お、お前そんな――」

「でも申しましたでしょう。手を下したのは実祢。お膳立てをしたのはお葉。吾は」

「同じことだと言うておるのだ登紀。大体、それはいつのことだ」

「去年のお母様の三回忌供養の日です」

「莫迦な。お前あの時」

「頭病みがすると言って一刻ばかり休ませて戴いたではないですか。あの時、吾は寺を抜け出したのです」

「何だと」

「寺の裏手の出会茶屋に萩之介を喚び出しておいたのですわ。あれはただの逢引と思うて、のこのことやって来たのです。其処で、お葉が用意した薬を服ませたのです」

「毒か」

「いいえ。まあ、毒は毒なので御座いましょうけれど、命を取るような毒ではありませぬ。暫くすると手足が痺れて動けなくなるというお話で御座いました。吾は、裏手で法要をしておるから気が殺げるとあの男を誑かし、少し離れた人気のない破れ堂まで連れて行った。色事に目が眩んでおったか、難なく付いて参りましたが――堂に着く頃には足許が覚束なくなって」

　登紀は口に手を当てて笑う。

「真逆、堂の裡に己が二股を掛けておるもう一人の女が待っていようとは、思いもしなかったのでしょう。あの、実祢の顔を見た時の萩之介の顔と言ったら――」

登紀は更に笑う。

「まるで家の中で親の仇敵に出逢うたような面相でありましたぞ。実祢も実祢じゃ。あれは悪振ってはおるが根は小心者。怖くて仕様がなかったのであろうのう。震えておって、これで殺せるものかと気が気ではありませんでしたわ」

源兵衛は色をなくしている。

「首尾よく死んだので、吾は急ぎ寺まで戻り、狸寝入りをしておりましたの。慥か、お父様が起こしにお出でになったのではなくて。実祢も念のため盛り場でずっと遊んでいたという振りを装ったのです。誰も疑いませんでしたでしょう」

「お、お前――」

「家に戻った後、真夜中にもう一度抜け出しましたのよ。後始末をしなければなりませんものねえ。死骸はお葉が葛籠に詰めて隠亡堀まで運んでおいてくれた。実祢と三人で念のために留めを刺し――堀に沈めました」

「本当なのか」

「何なら隠亡堀を浚ってご覧になれば。重石の石と一緒に、葛籠に詰まった骨が出る筈ですけれども――」

莫迦なことを言うなと言って、源兵衛は額に手を当てて苦悶の態を顕にした。

「お前と言う娘は――」

何ということをしてくれたのだと源兵衛は言葉を荒らげる。

「大きな声を出すな源兵衛。良いではないか」

「良い。良いとはどういうことで御座いますか的場様。我が娘が、このような」

「見苦しいぞ。仕出かしてしまったことはもう取り返しはつかぬわ。それにな、既に一年がところ経つのであろうが、何も露見しておらぬではないか。お葉が変調を来さなければ生涯隠し通せていたやもしれぬ。聞けば周到に企てたことなのであろう」

「何せ」

人殺しで御座いますればと登紀は澄まし声で言った。

的場は苦笑する。

「そうよな。大罪である。娘が下手人ともなれば累は源兵衛、お前にも及ぼうし、この店もただでは済むまい。娘の賢きに感謝致せ」

源兵衛は拳を握り締め、唇を咬んだ。

「今更善人振るな源兵衛。そもそもお前に娘を持つ資格があるか」

「それは――」

「為たことは兎も角も、お前の娘は中中大したものだぞ。お前などよりずっと見どころがあるではないか。秘事を暴露されて尚、動じぬ。のみならず言い逃れが出来ぬと悟った途端に、弁明釈明も一切せずに、潔く白状しておるではないか」

「ま、的場様――」

それは当然で御座いますと登紀は言った。

「当然とは如何(いか)なる意味であるか」

「的場様。的場様こそ何かお隠しになっていらっしゃるので御座いましょうに」

「何だと」

「怪訝(おか)しいでは御座いませぬか。お奉行様の用人ともあろうお方が、人も遣わず御自ら夜陰に紛れて盗み聞きするとは、余程のことがなくば考え難(にく)いことかと」

「それは」

「奥女中の身を案じてのお振る舞いとは、到底思えませぬが」

「これ、登紀」

良いと的場は言う。

「それで」

「その上、このように供も連れずに、半ば隠密に我が家にお出でになられる。それも、辰巳屋に変事があったから——ということであるならば、それもまた解(げ)せぬこと」

「解せぬであろうがな。登紀。儂はお前とは違って」

何も言わぬぞと的場はゆっくりと、威(おど)すような口調で言った。

「そうですか。まあ、お聞かせ戴いたところでどうなるものでも御座いませぬけれど。それで的場様。辰巳屋はどうなったので御座いますか」

「主(あるじ)の棠蔵は死んだ。番頭と実祢は——居なくなった」

「居なくなった——とは、また奇態な」

「昨夜、報せを受けた町方が駆け付けた時には、二人とも居ったのだそうだ。同心とも話をしておる。ところが一夜明けて――朝には姿が消えていたそうでな」

「おやおや。心中でもしたので御座いましょうかねえ」

登紀は横を向いてそう言った。

「扠な。今のところ相対死にの骸は何処にも上がっておらぬようだがな。まあ、これは怪しまれても詮方ない行いではあるのだが――ただな、考えてもみよ。実祢にも番頭にも、主を殺す謂われはないのだ」

「番頭と実祢が手を組んで、お店を乗っ取ろうとでも謀ったのでは御座いませぬか。あの女のやりそうなこと。何しろ実祢はもう」

一人殺しておりますからねえと登紀は言う。

「そうだとして、そうなら杜撰過ぎるではないか。それに、逃げる意味がなかろう」

「頭の悪い女で御座いましたからね。然したる企てもなく殺し、殺してから怖くなって逃げたのではありませぬか。そういう女で御座いますよ、実祢というのは」

「そうなら、その方の一件とも関わりがない、ということになるが」

「関わりなどないでしょう。あるとすれば父親に秘密を知られてしもうたとか――そうだとしても殺してしまえば死人に口なし。尤も的場様のお隠しごとの方との関わりは存じませぬが」

「しかしな、登紀」

的場は居住まいを正した。

「実祢はな、下手人は萩之介という男だと町方に告げたそうだ」

「何と仰せですか」

「お実祢はな、萩之介だと言っておったそうだ」

萩之介。

「萩之介――と、仰せになられましたか」

「そうだ。まあお実祢はすっかり怯(おび)えておってまともに口も利けぬ様だったようだがな、番頭もそう言っておったらしい」

「番頭というのはお実祢と共に逐電したという男ですか」

「そうだ。儀助というらしいがな、その儀助も、萩之介なる怪しき男が現れて、主の棠蔵を刺し殺して逃げたのだ――と証言したのだそうだ。盗まれたものなどはないようだから押し込みの類(たぐ)いではないと思われるが、何とも不可解である故、今のところは盗人の仕業ということになっておる」

「その番頭も萩之介という名の男と言っておるのでしょうか」

「名乗ったのかどうなのかは知らぬ。ただ、止めに入ったのか襲われたのか、儀助はその萩之介という男と直接会っておるそうだ。儀助の談を信用するならば、どうも棠蔵とお実祢が襲われ、そこに儀助が割って入り、棠蔵は刺されたがお実祢は儀助が庇(かば)った――という運びであるようだが」

都合の良いお話で御座いますと登紀は言う。

「それこそ口から出任せなのでは御座いませぬかのう。実祢と口裏を合わせておるだけで御座いましょう。萩之介のことを番頭が知っておる訳もない」

「口裏を合わせ虚偽の証言をしたのだとして、では何故に逃げた」

「所詮はその場凌ぎの拙き嘘。直ぐにも露見すると考え直したのでは御座いませぬか。そもそも、萩之介は」

　い、い、い、
　死んでおります――。

「実祢がその手で殺したのですから。それはあの女が一番能く知っておる筈。自分で殺めておいて、その殺めた者が下手人だなどと言い出すなど、もう正気の沙汰では御座いませぬ。萩之介である訳がない。気が触れたか、出任せの嘘か、いずれか」

「お前の言葉を信じるならばそうなるのであろうな。しかしな登紀。それらしい、怪しき男の姿を見掛けたという者であれば、儀助の他にも幾人も居るのだ。お店者も見ておるし、近所の者も覚えがあると言っておるようでな」

「その者達が何を見掛けたのかは存じませぬが、死人が出歩く訳はありませぬ。萩之介の骸は堀に沈んでおります。死人には何も出来ませぬでしょう。怖じ気付く者には夕顔も化け物に見えましょう。心惑わされれば唐傘も舌を出しましょう。もしや実祢にはそう見えたのかもしれませぬ。後の者は実祢の妄言に引き摺られ、目が曇っただけで御座いますまいか」

「いや。そうとばかりも言えぬぞ」

　的場は腕を組んだ。

「その、萩之介なる者だが、もしや深紅の曼珠沙華を染め付けた衣装を纏っておるのではないのかな」

登紀の顔色が変わった。

「それを――何故」

「いや、どうもな。その怪しき者を誰も明瞭とは見ておらぬのだ。顔を見た者などは殆ど居らぬのだがな。ただ、一様にその花の模様だけは」

覚えておるのだと的場は言った。

「儀助だけは顔も接接と見たと言うておるようでな。この世のものとも思えぬ程に整った美形であった――と、儀助は証言しておるそうだ。のみならず、棠蔵はな、その曼珠沙華を一輪握り締めて死んでおったのだそうだ」

登紀の頬から余裕が消えた。

「それは――」

「どうなのだ。もしその、お前達が殺したと言うておる萩之介とやらがそうした風貌の、そうした衣装を着た者であったのなら――強ちお前達の罪と無関係とも言えぬと思うがな」

登紀は暫く俯き加減で黙っていたが、やがて何かを振り切るように面を上げた。

「あり得ませぬ。萩之介は死んでいます。そして、萩之介が死んでいることを知っているのは実祢とお葉、そして吾の三人だけ。だからこそ実祢は即座に罪を着せようと思い到ったのではないのでしょうか。従って――もしそのような男が居たのだとしても」

それは何かの偶然かと、と登紀は言った。

「偶然と申すか」

「他に考えようが御座いますまいに。それとも幽霊だとでもお思いですか。真逆（まさか）、犬打つ童（わらべ）でもありますまいに、的場様程のご立派なお武家様が、死霊冤鬼（しれいえんき）の類いをお信じになっておられましょうか」

登紀は挑むような目付きで的場を見据えた。

「そうは思わぬ。そんなものはおるまいさ。だがな、登紀。そもそもお葉が体の不調を訴え出したのも、その萩之介の姿を見たことが契機（きっかけ）ではあるのだ」

「それこそ気の迷いで御座いましょう。臆病者（おくびょうもの）が自らの罪に責め苛（さいな）まれて幻を見たのに違いありませぬ。仰せの通り、この世に亡魂（ゆうれい）など居（お）りますまいに」

登紀は決然（きっぱり）とそう言った。

「幻覚妄想の類いだとして、だ。ならばお葉以外の者には見えぬが道理。しかしな、登紀。その——曼珠沙華の男は、上月様のお嬢様も見ておられるのだ」

「何ですって」

「お嬢様お付きの乳母も見ておるようだ。そして、その男と出遭う度に、お葉はどんどんと弱り、遂には床に伏してしまったのだ」

「見ている——と」

「お葉の罪の顕（あらわ）れであるのならば、余人に見える訳はない。見える以上は」

　何かは居(お)るのだと的場は言った。

「辰巳屋の一件に関して申すなら、まあお前の言う通り実祢の言葉に惑わされ多くの者がそう思うたと考えられぬこともない。棠蔵が曼珠沙華を手にしていたのも、偶々(たまたま)ということになろう。しかし、上月様のお嬢様は何も知らぬぞ。お葉がその萩之介のことを教えたとは考えられぬ。己が罪の証(あかし)を告げるようなものではないか。あれは怯えておっただけ。ならば何故にお嬢様は曼珠沙華の男を見た。しかも――幾度も」

　登紀は神妙な顔になる。

「その――お葉はどうしているのです」

「お葉か。お前達が去った後、姿を消した」

「居なくなった――というのですか。立ち聞きまでなされたというに、見張りもしておりませなんだか。ご自分でなさらずとも、ものは言いよう、何とでもなりましょうに」

　何という無礼な口の利き方だと源兵衛が窘(たしな)める。

「弁(わきま)えよ登紀」

「いや。それも登紀の申す通りだ。お前も会うたのだから承知のことであろうが、お葉はもう立ち上がれぬ程に衰弱しておったのだ。今日か明日には寿命が尽きようという有り様であったからな。よもや抜け出そうとは思うておらず、油断をした」

「それでしたら」

　多分、死んでおるのやもしれませんなあと登紀は言う。

「そうかもしれぬが、証(あかし)はない。ただ、書き置きが残されておってな。文面は、己の業の深さに耐え切れず、世を果敢(はか)なみ冥土(めいど)の路を行く——というような文面であった」

「自害するということでしょうか」

「そうも読めるというだけだ。自死すると読んだところでその通りにするとも思えぬし、疑えば切りがない。まあ、自ら命を絶たなんだとしても、あの容体では長くは保(も)つまい。ま、お葉の肩を持つつもりはないが、お前と実祢のことも、萩之介とやらのことも、何も書かれてはいなかったがな」

ふん、と登紀は鼻を鳴らした。

「お前の話を聞けば多少なり何か判るかとも思うたが、いまだ五里霧中だ。実祢にしてもお葉にしても、果たして何を考え、どうするつもりであったのか」

「そんなことは　御座いますまい。簡単なこと。実祢に関しては、何らかの事情があって実の親を殺し、嘘の証言をしてみたものの心許なく、番頭共共逐電致したとしか思えませぬ。お葉に関しては考えるまでもない、その書き置きやらに書かれている通りではありませんか」

「どういうことかな」

「業の深さに耐え切れずと——書かれておったのでしょう。その通りだと申しております。誰が何と言おうとも、死んだ者は生き返りませぬ。幽霊も居(お)りますまい。ならばお葉が見たるは己の深き業が見せる幻覚に御座いましょう」

「しかし」

「上月のお嬢様や他の者もご覧になったというのであらば、似た装束の者が居ったのかもしれませぬ。あの忌まわしき花の模様は、異様に目に付くもの。ただでさえ震え怯えておる者が同じ衣装の者を目にしたならば、萩之介だと思い込むことで御座いましょう」

なる程なと的場は首肯く。

「お前の言うことはいちいち尤もではあるな」

「他に考えようが御座いません故。ならば萩之介と同じような装いの、同じような男が居たというだけのことではないのですか」

「そうかもしれん」

「お葉も実祢も、心も弱く頭も悪い。人殺しなどという大罪を犯した、その重責に耐えられなくなったのでしょう。心疚しき者は自が罪科に慄き、時に夢幻に惑わされるもの。お葉も実祢も己の弱さに潰されただけ。多分、二人とも――死んでおるでしょう」

好都合ですと登紀は言う。

「これで吾の罪を知るものは居ない」

「愚か者。今、二人増えたわ」

おやそうで御座いましたと言って、登紀は一度礼をし、源兵衛の方を向いた。

「もう宜しいでしょうかお父様。お父様と的場様が何をお隠しになっているのか、それは詮索致しません。ですから、お二人も吾のことはご内密にお願い致します」

「登紀――」

「お父様は口外なさいませんことよねえ。ご自分に跳ね返って参りますものね。的場様、いずれにしても萩之介は死んでいますから、その花の模様の男は、居たのだとしても別人ですと言って、登紀は立ち上がった。

「お葉と実祢の亡骸(なきがら)を早く見付けて戴きたいものです。死んでくれていなければ、枕を高くして眠れませんものねえ。それでは――」

失礼致しますと言い。登紀は部屋を出た。

しかし登紀は部屋に戻ることをせず、襖の外に身を屈(かが)め、裡(なか)の様子に聞き耳を立てた。

的場は大きな溜(た)め息を吐(つ)く。

「大した女だな、お前の娘は」

源兵衛は言葉を失っている。

「頭も良いようではないか。まあ、幽霊だ何だを持ち出さぬなら、お前の娘の言うことは筋が通るというものだがな。そうであったとしても、腑(ふ)に落ちぬことは腑に落ちぬ」

「しかし的場様。娘のことはさて置いて、此度(こたび)のことがあのことと関わりなきことだけは間違いないのでは御座いませぬかな」

「さあどうかのう。未(ま)だ何も判らぬ。判ったことと言えば、お前の娘が極悪非道の人殺しだったということだけだ」

「止(よ)してくださいませ。それは」

「他ならぬお前の子だ。仕方があるまい。奸智(かんち)に長(た)けておる分ましではないか」

商売（あきない）を継がせよと的場は言った。

「お前より商才があると見たが」

「またそのような——ご冗談を」

源兵衛は益々（ますます）苦渋の表情になる。

「しかし的場様。その、曼珠沙華と申しますのはあの彼岸花のことで御座いましょう。いつぞや上月様のお屋敷の庭に咲いていていたあの」

然様だと的場は答えた。

「あの花を摘んだ棠蔵は、あの花を摑（つか）んで死んだ。どうにもなあ」

「はあ。あの花は真っ赤な上に、幾本もの髭（ひげ）が燃え盛る炎の火の粉の如くに生えておりましょう。ですから材木を扱う者は火事花と呼んで忌み嫌うのです。そして——思えばあの時、あの屋敷にも火事花が咲いておりませなんだか——」

「そんな昔のことは覚えておらぬ。まあ、何もかもを焼き尽くした紅蓮（ぐれん）の焰（ほのお）だけは瞭然（はっきり）と覚えておるが——」

的場は上を向いた。

「幽霊など、居（お）らぬだろうな」

「何を突然に」

「もし居（お）ったなら、我等（ら）四人は疾（と）うの昔に祟（たた）り殺されておるであろうしな」

「何を仰（おっしゃ）いますか。先のご改革でどれだけの者が苦しみ、死んだとお思いですか」

「扠な」

「数でいうなら先のご老中が殺した者の方が千倍万倍ということになりましょうに。我等の為たことなどとは比べ物になりますまい」

「そうよな。お前の娘などは三人掛かりで一人だ」

「お止しください」

廊下でずっと聞き耳を立てていた登紀は静かに立ち上がった。

聞いていても判るまいと思ったか、それとも興味をなくしたか。

部屋に戻るべく体を返すと、廊下の真ん中に何かが落ちていた。

この廊下は陽当たりが悪い。薄曇りの上、既に夕刻も近いから、薄暗くて何が落ちているのか判らなかった。気になって目を凝らす。

人の出入りが激しい口入屋などと違い、材木商である近江屋は構えこそ大きいが家裡の人数はそれ程多くない。その上、源兵衛が人払いをしていた所為か、廊下は閑としていた。

床面を注視していると、廊下の奥を何かが——否、誰かが過った。

家の者、店の者ではない。目の端に入っただけであるから見間違いやも知れぬが、見間違いだとしても何を見間違うというのか。何かは居たのではないのか。

登紀は廊下を進んだ。

落ちていたのは——。

火事花か。

登紀は花を拾い上げた。

誰の、何の悪戯（いたずら）か。もしかすると――例えば的場が何か企んでいるのか。

登紀は一度肩越しに後ろを見る。

それはなかろうと無根拠に判ずる。登紀は、自分には人を見る目が備わっていると思っている。他者を値踏みし、見上げ見下げる、そうしたことに自信を持っている。

それならば――。

「だ」

誰か居（お）るのかと声を発しそうになって、登紀は黙った。源兵衛や的場に聞こえてしまう。聞こえて悪いということはないのだが、未（ま）だ廊下に居るのは不自然である。

突き当たりまで進んだ。確かにそれは、右から左へと動いたのである。

右を見る。左を向く。

二間ほど先に影が立っていた。

逆光になっているのか。

影は一言――。

「登紀」

と言った。

「お――お前」

萩之介。

そんな筈はない。影はゆっくりと。

近付いて来た。

「は――」

萩之介だ。萩之介の顔だ。萩之介の体だ。

登紀は不本意にも、まるで尻餅でも突くように廊下に沈んだ。

火事花の模様が見えた。

見上げる。

紛う方なき萩之介が目の前に立っていた。

「お、おのれ、迷うたか――」

違う。幽霊など居ない。

「――生きておったのか。そうであるなら――」

周りには何もない。登紀は手にした火事花を投げ付けた。

「い、生き意地の汚い男じゃ。どのようにしてあの」

萩之介は無表情に登紀に顔を寄せて、

「登紀」

とだけ言った。

突然、登紀の中に封印していた恐怖が湧き上がった。

自分は、この男を殺そうとしたのである。ならばこの男が此処に居る理由は――。

「仕返しするつもりで来たかッ」

萩之介は無言で姿勢を戻した。得体が知れない。得体の知れぬものは――。

怖い。登紀は体を返し這うようにして元の廊下まで戻り、声を上げた。

「何方か、何方か来てくだされ。家裡に、ぞ、賊が――」

そう。幽霊など居ない。これは人だ。どうして。

どうして生きていたのか判らないけれど。

其処に居るのなら、それは居るのだ。

幻などではない。

「賊が入り込んでおりますぞっ」

何ごとかと言って、先ず的場が出て来た。続いて源兵衛が顔を出し、的場を追い越して登紀の許に駆け付けた。

「何だ、賊だと」

登紀は顔を背けて指差す。

「何処に」

「其処に――萩之介が」

「何だと」

足早になって的場が横に立った。手には差料を携えている。

「何と申した登紀」

「ですからご覧ください。其処に」

「何処じゃ」

「え――」

振り向くと既に廊下には誰も居なかった。

「い、居たのです。今の今まで、其処に萩之介が――」

「萩之介は死んだ――のではなかったのか。幽霊など居らぬ、そんなものを見る者は心の弱い莫迦だけだと申しておったではないか。違うのか」

「幽霊などではありませぬ。夢や幻ではない。居たのですから」

「死人がか」

的場は登紀を見下ろした。

「死人は何も出来ぬと申しておったではないか」

「い――生きておったのでしょう」

「見苦しいな。先程までの威勢はどうしたのだ。その者が生きていたことにして、自が罪科を免れようとでも考えたか。もっと賢い女かと思うたが、買い被りであったかな」

「そうではありませぬ。本当に――そう、火事花が」

投げ付けたのだ。

花もなかった。

「火事花がどうしたというのだ。それは曼珠沙華のことであろう」

登紀は己の指を見る。

花を抓んだ感触は未だ残っていた。

的場は呆れ顔で、おろおろしている源兵衛の方に向き直った。

「所詮は小娘であったか。今し方偉そうに辰巳屋の娘やお葉のことを見下すようなことを申しておったが、何の変わりはないではないか」

「違いまする」

「何が違う」

「真に居ったのです」

「ふん」

的場は見捨てるように顔を背けた。

「しかし――的場様。それが何であれ、もしや何者かがこの家に忍び込んでおるということは御座いませぬかな」

「何のために。盗人でも忍び込んだと言うか」

「そうかもしれませぬが――例えば、その萩之介ですか。その者に扮した何者かが居る、とは考えられませぬかな」

「扮した――だと」

「娘も申しておりましたが、その火事花の模様の装束というのは。珍しいだけでなくかなり覚えに残るものでありましょう。それだけでも萩之介と見間違い兼ねませぬな。上月様のお嬢様もご覧になっている訳ですから、必ずそうした装束の者は」

居るのです。

「娘は偶然と申しておりましたが、偶然で済ませられるものでは御座いますまい。それは萩之介とやらに扮している何者か、なのでは御座いますまいか」

「そうだとして、そうなら」

「はい」

源兵衛は登紀を見下ろす。

「登紀。お前――その萩之介殺し、誰かに見られたりはしておるまいな」

「何を――そのようなことは」

「ないと言い切れるか。その萩之介、親族縁者は居らぬのか」

「萩之介は――親は自分を産んで直ぐ死に、兄弟とも生まれ乍らに生き別れの天涯孤独と」

「信じられるか」

「何と」

「お前を誑かし、辰巳屋の娘を弄び、お葉にも手を出していたような銀流しの口から出たことだ。手練手管に長けたまやかし者であろうに。何とでも言うのではないか」

登紀の顔から血の気が抜けた。

「お前は騙されていたのであろうが。ならば何故に出自だけを信じるか。そのような男の口から出たことは一から十まで」

嘘じゃと源兵衛は言った。

「もしも萩之介に縁者が居ったとして、その者がお前達が萩之介を殺したことを知ったならどうするか」

「それは」

復讐ということかと的場は言った。

「あり得ませぬかな。偶然とするより得心が行くようにも思いまするが」

「なる程」

的場は腕を組んだ。

「すると、何者かが萩之介を殺した下手人に意趣返しをするため、萩之介に成り済ましておるということか」

「はい。先ずはお葉の前に現れた。萩之介が死んでいることを知っておりますのは、殺した者だけ。それ以外の者の目には何の不思議もないが、お葉の目にだけは――」

「幽霊に見えたということか。お嬢様や乳母にとってはただの人でも、身に覚えのあるお葉にだけは怪しのものとして映ったという訳か。それでお葉は心を病んだということだな。考えられるかもしれぬ。まさに――化けて出た訳か」

「そうであったなら」

「お葉や実祢がどうなったのかは知らぬが、残る的はこの登紀だけ、ということになるか」

「そうではないのでしょうか。それならば」

「我等とは関わりがない――ということか」

源兵衛は首肯いた。

「違いましょうか」

「色に惑うた愚かな女どもが痴情に翻弄されて男を殺し、その報いを受けているだけということであれば、そうであろうが――その愚かな女が、この近江屋と、辰巳屋の娘、そして上月家の女中であったというところは――やや引っ掛かるが」

「それこそ偶然では御座いませぬか。偶然に火事花を纏うた別の男が現れるよりも、遥かにあり得ることのように手前は思いまするがな。どうで御座いましょう」

「そうすると、この娘が狙われておるということになるが」

「そう――なりますが」

源兵衛は周囲を見回す。

「この家に忍び込んだのであれば、そうとでも考えねば得心が行きませぬ。娘が萩之介とやらを殺したのは事実なので御座いましょうし、ならばここは、縁者の意趣返しと考えるのが筋では御座いませぬかな」

「違う」

登紀は言う。

「あれは――萩之介本人で御座いました」

「まだ言うか。愚かな女よな。先程までは気丈に振る舞っておっただけだったようだな。見苦しい。その怯えようは何だ。それとも殺したというのが嘘か」

「いいえ、それは」

「殺したのなら殺した相手が訪れることなどあるまい。先程己で滔滔（とうとう）と述べておったではないか。何としても萩之介だと言い張るのであれば、それは源兵衛の中した通り萩之介に扮した何者かなのであろうし、そうでなければ夢か幻なのであろうが。そんなものは心疚しき、心弱き愚か者が見る幻覚だと言ったのはお前自身ではないか。それが何じゃ、その怯えようは。お前がその口で莫迦と謗（そし）ったお葉と同じではないか。女と雖も、恥を知れッ」

登紀は屈辱に震えて身を伏せた。

「的場様」

源兵衛は娘に視軸を向け、的場を諫（いさ）めた。

「この場は――」

「解っておる。ただな、お前の言い分を容（い）れるならば、それはお前の家の中の話――ということになろうな。ならば御前（ごぜん）は無関係。お前の娘が人を殺そうが誰かに殺されようが、それは儂も御前も与（あずか）り知らぬことであろう。お前の娘の始末はお前自身で付けることになるぞ」

「はあ」

「いや――一日も早く片を付けよ」

的場は吐き捨てるように言う。

「以前も申したがな、つまらぬことで腹を探られては叶わぬのだ。お前の言う通りなら、因果の因はこの娘。何もかもお前のこの」

的場は手にした差料で登紀を示す。

「莫迦な娘の所為ということになるのだからな。もしかすると棠蔵が死んだのもこの娘の所為だ——ということにもなるやもしれぬぞ」

「それはまた、判らぬことで」

「判らぬというだけだ。関わりなしと決まった訳ではない。何であれ、御前に累が及ぶことだけは何としても避けよ。解っておるな」

的場はそう言った後、廊下の奥を見据えた。

「ただな、源兵衛。お前の当て推量が中っておると決まったものでもないのだ。家裡に何者かが入り込んでいるとなれば、安心は出来ぬ。棠蔵も命を落としておる。重重用心を致せ」

戻って御前にご報告を致すと言って的場は踵を返した。

駕籠をお喚びしましょうと言い、源兵衛は的場の先に出て廊下の先に消えた。

登紀は蹌踉蹌踉と身を起こす。

廊下は既に暗い。夕暮れが、逢魔刻が近付いている。

「必ず——何かからくりがあるのじゃ」

登紀は独り言ちた。

「あれは、誰か別の者の成り済ましなどではない。況(まし)て幻などでは決してない。あれは間違いなく萩之介。肉を持った萩之介本人じゃ。ならば萩之介は死んでいなかったということになろうか。すると、矢張りお葉が何かを仕組んだのか。いや、もしやあの実祢も——もしや、二人とも裏で通じておって、この吾(わたし)を——」

廊下に横座りになり登紀は思案を巡らせる。

実祢やお葉のような愚者と同じ扱いにされては堪(たま)らない。どんな時にも知略を巡らせ、必ず優位な処に立つ。立ちたい。登紀とはそうした女である。

「矢張り——あの葛籠の中には」

そう呟(つぶや)いた、その時。

項(うなじ)に冷たいものが触れた。

身を竦(すく)める。それは指だった。その指はそのまま頸(くび)を這った。指先が襟元に到る。

「登紀」

耳許で萩之介の声がした。息が掛かる。

「何の魂胆じゃッ」

登紀は身を翻して飛び退くように萩之介から離れた。

「何を企んでおる」

萩之介は無言である。廊下は暗く、その顔は影になっている。

「おのれ。何を企んでおるか知らぬが——このままでは済まさぬぞ」

そう言うと登紀は萩之介と対峙したまま、後ろに下がった。

「誰か。誰か居りませぬか。此処に曲者が居りますぞ」

声を上げたが人の寄り来る気配はなかった。

源兵衛がきつく言い含めていた所為か。

「お、おのれ、何とか申せッ」

しかし萩之介は何も答えず、ただゆっくりと登紀に近付いて来る。

登紀は廊下を後ずさり、的場が居た部屋に到ると後ろ手で襖を開けて中に飛び込んだ。

敢えて襖は閉めない。

「どうした登紀」

源兵衛の声がした。

「お——お父様、萩之介が」

「未だそんなことを言っておるのか、この莫迦者が」

源兵衛は部屋に入るなり登紀の頬を打った。

「いい加減にせぬか。儂は、お前がそんな愚かな娘だったとは、今日の今日まで思うておらなんだわ」

登紀は頬を押さえ、其処に、廊下にと言った。

「居らぬと言ったら居らぬ。世迷言を申すのも大概に致せ。お前のお蔭で的場様の前で大恥を掻かされたわ。何であれ後始末はせねばならん。其処に座れ」

登紀を座らせ襖を閉めて、源兵衛は部屋を見渡して行燈に火を入れた。

「先ほどの話だがな」

そう言い乍ら源兵衛は先程まで的場が座っていた上座に座った。

「何処までが本当で、何処からが妄言なのだ」

「吾は嘘は申しておりませぬし、妄言も言っておりませぬ」

「だが」

「これはお葉と、もしかしたら実祢の仕組んだことではないかと」

「何だと」

源兵衛は呆れたように言う。

「それが妄言だと申しておるのだ。何故そんな突拍子もないことを言い出すのか。何を仕組んだというのか」

「それは——」

登紀は考えを巡らせる。

「吾を貶めるため——」

「何を莫迦なことを。それでは」

「萩之介を殺そうと言い出したのはお葉。手に掛けたのは実祢。各々が妬気に駆られ、鬼と化して意気投合したと思うておりましたが——凡て狂言だったのではありませぬか。葛籠にも石と共に獣の死骸でも入れておけば留めを刺した際に誤魔化すことも出来ようし——」

「殺した振りをしたということか」

「そう。ならば吾一人が踊らされておったことになる」

「おい。そんなことをして何の得がある。一文にもならぬではないか」

「お父様は銭金に換算出来ぬものには何の興味もおありでないのでしょう。でも人というものは損得勘定だけで何かをするものではありませんわ。萩之介は吾を――疎ましく思ったのかもしれない。お葉は萩之介を独り占めしたかったのかもしれぬ。実祢は元より父親を殺して番頭と店を乗っ取るつもりであったのかもしれませぬ。だからこんな幽霊話をでっちあげて――」

「いや、それは飛躍が過ぎるぞ。そんなことをせんでもだな」

「あの女は吾のことが嫌いだったのです。吾もあんな女は嫌いじゃや。だから、お葉と萩之介の企てに乗ったのではなかろうか。吾を怖がらせようと――」

「いい加減にしろ。思い上がりだ。そもそも辰巳屋の娘とお前は旧知の仲であった訳ではあるまい。その娘も萩之介とやらに誑かされたという話だったではないか」

「そうだけれども――いや、もう一枚、裏があろうか」

登紀がそう言いかけた時、庭に面した障子に傍と明かりが差した。

手燭の燈のようだった。

燈はすうと下がった。縁に置いたのだ。

障子に朦朧とした人の形の影が映し出された。

「ん――誰じゃ。決して近寄るなと申し付けておいたではないか」

「萩之介――」

「何だと」

源兵衛は腰を浮かせた。

「誰だ。返事を致せ」

す、と三寸ばかり障子は開いた。

「萩之介。お父様、あれが、あれが萩之介です」

「お――おのれ」

隙間からこの世のものとも思えぬ程の美しい顔が――。

半分だけ覗（のぞ）いていた。

下に置かれた手燭の燈が、くっきりと――。

火事花を浮かび上がらせている。

源兵衛は立ち上がり勢い良く障子を開けた。途端に萩之介の姿は搔き消えた――ように見えた。源兵衛は狼狽（うろた）えて左右を見回す。

「よ、妖怪」

「違います。庭に降りたのです」

登紀は源兵衛の横に進んだ。

「惑わされてはなりませぬ。あれは人です。生きた人です」

「だが登紀――」

縁には火事花が一輪、置かれていた。

源兵衛はそれを見るなり驚き慌て、地団駄を踏むようにして置いてあった手燭を蹴(け)った。

手燭は倒れた。その炎に照らし出されて。

縁の下から。

萩之介が顔だけを覗かせた。

「ああッ」

その整った顔を目にした源兵衛は腰を抜かした。

美しい顔は——莞爾(にこり)と笑った。

登紀は——動けなかった。この笑顔には毒がある。

倒れた手燭の炎は障子に燃え移った。めらめらと——。

嘗(な)めるように炎は駆け上がり、燃え上がった。

地獄花

上月監物は腕を組み、実に不快そうな顔を作って上座に座っている。

少し離れた処には的場佐平次が控えている。こちらも渋面を極めている。

「佐平次」

監物は普段、公私を問わず的場を下の名で呼ぶことはない。その習慣は既に十年越しに続けられている。あくまで的場は用人であり、それ以上の関係ではないと示すためである。

だから的場は少しだけ驚いた。

「何で御座いましょう」

「近江屋――いや、源兵衛は焼け死んだのだな」

「然様で御座います」

「あの源兵衛がのう」

監物は鼻の上に皺を寄せ、庭を眺めた。

「源兵衛め、これまでにどれだけこの八百八町を焼いたものか。町家を焼き寺を焼き、橋を焼き、材木を焼き――何人が焼け出され、何人が死んだかのう」

「数え切れますまい」

「そうよな、あの男は、火付けで財を為したようなものだ」

「それは御前――いや、監物様の後ろ盾と引きがあったからこそでは」

違いないと言って監物は苦笑した。

「その源兵衛が――焼け死んだか。因果応報などとは思いたくもないが、そうしたこともあるかと思うとな。大層な大火であったと聞いたが」

「はい。舗も住居も全焼で御座いました。ただ近江屋の敷地は広う御座いますれば、周囲への類焼は殆どなく、また店者にも、死者はなかったと。臥煙が到着した時分には皆、外に逃れていたそうに御座いますれば、死んだのは源兵衛と娘のみ」

「何故逃げ遅れた」

「はい。火元は別棟の奥座敷。舗からも離れておりますし、人気はない。その時、源兵衛と娘は身共と面会するため其処に居ったのです。しかも身共が参りました機に厳重に人払いをしておりました故」

「あの火付けの常習が、逃げ遅れたか」

それは何ともと的場は答えた。

「そもそもあのような場所、火の気があったとも思えませぬし――離れているといっても娘の方は焔の中より助け出されてはおりますからな。果たして――何が起きましたものか」

「己で火を付けた訳でもあるまいにの」

監物は腕を組む。

「何者かが居た――のだと身共は思うております」

「何者かとは、その」

萩之介。

「萩之介――で御座いまするな」

「そうだ。それなる者は――いや、何とも判らぬことだが、源兵衛の娘どもが結託して殺したと――申しておるのではないのか」

的場は疑っている。同時に、そのくらいのことは簡単に出来るだろうという気もしている。

「それは虚言か、勘違いか、然もなくば何か裏があるか――いずれも十七八の小娘のことで御座います故――いや、そもそも果たしてあのような娘どもに謀殺など出来ましょうか」

何を言うておると監物は言う。

「己に照らし合わせてみよ、佐平次。齢(よわい)などは関わりなかろうし、男も女もなかろう。その気になれば、人など簡単に殺せよう。その気になりさえすればな。殺したと言うのであれば殺したのではないのか」

それはどうだろう。

「扠(さて)。死んでおるのかおらぬのか――お葉が姿を消し、棠蔵が娘も行方(ゆくえ)知れず。源兵衛が娘の死んだ今となっては、真偽の程は量りようもなく」

「お葉は見付からぬか」

「はい。しかしあの様子では――」

「もう生きてはおらぬか」

「そう思われます」

「棠蔵の娘は」

「町奉行所が探索しておるようですが、その行方は杳として知れぬ様子。既に江戸には居らぬのではなかろうかと」

それは――監物は考え込む。

「どういうことなのだ。どうも考えが纏まらぬ。佐平次、お前、本当にその」

監物は言葉を濁した。

「祟り――で御座いますか」

「然様。そのようなものがあると思うておるのか」

「いや――」

「拝み屋か祈禱師か知らぬが、そんなものを雇ってどうにかなると思うておるか」

「それは――」

「そもそもだ。余は、お前がそのようなものを信じておるのかが知りたい。祟りだの、呪いだの、鼻で笑うておったのではないのか。それが厄払いだ何だと――どういうことなのだ、佐平次。宗旨替えをしたのか」

的場は悩ましげに下を向いた。

「解りませぬ。そのようなものは居(お)らぬと身共も思う。幽霊だなどと、身共には到底信じられませぬが——登紀が申しますには」

「登紀というのは近江屋の娘か」

「然様に御座います。その登紀と申しますのが中中に小賢(こざか)しい小娘で御座いましてな。そのようなものは凡(すべ)て気の迷いなり、愚か者の見る夢、幻なりと嘯(うそぶ)いておったのですが」

それが——と的場は口籠(くちご)もる。

「それがどうした」

「その登紀が、凡ては萩之介が仕業なり、あれは紛(まご)う方(かた)なき萩之介じゃと、今際(いまわ)の際(きわ)に言い残したそうで御座いましてな。登紀は救い出されたものの火傷(やけど)も酷(ひど)く、煙を吸い心気(しんき)朦朧(もうろう)となっておりましたようで」

「錯乱しておったのであろう」

そんなものの言うことが信じられるのかと監物は言う。

「はあ」

的場は一層に顔を顰(しか)めた。

「しかし監物様。登紀は死んだのです。死に際の者が嘘偽りを申しましょうか」

「どうかな。それまでがただの強がりだったということではないのか。口とは裏腹にずっと怖がっておった——その本音が出たのではないのか」

「そうであるかもしれません。ただ」

的場は顔を上げた。

「辰巳屋が娘実祢と共に逐電致しました番頭儀助もまた、その萩之介を見たと言う。剰え萩之介が下手人だと申し立てております。他に見た者も居る。辰巳屋にも近江屋にも、何かが居たことは間違いないのです。そしてそれは同じものであったと思われます。そして、それは萩之介なのだと――」

莫迦莫迦しいと監物は吐き捨てるように言う。

「なら何者かが居たのであろう、そうでなければ萩之介が生きておるということだ」

「そうとしか思われませぬが――いや、身共には判りませぬ。しかし、その者――幽霊であれ何であれ、何に祟っておりましょう」

「何だと」

「良いですか。御前――いや、監物様。もし幽霊であるとして、ならば祟る相手は己を殺めた三人の女である筈ではありませぬか。だが、命落としたは棠蔵と源兵衛なのです。しかも、あの死に様――」

「棠蔵は腹を刺され、源兵衛は焼死か」

「ええ。あの時、女子供を次次に刺し殺したは棠蔵。屋敷に火を放ち生き残った者を根絶やしにしたのは源兵衛で御座いますぞ」

「あの時――」

関係あるまいと監物は厳しい口調で言った。

「あのことと此度（こたび）のことは関わりあるまい。尻軽（しりがる）の娘どもが銀流しに誑（たぶら）かされただけではないのか。それが偶々（たまたま）——」

「棠蔵と源兵衛の娘だった——そこまでならばそうで御座いましょうな。でも現に棠蔵も、そして源兵衛も死んでおるのですぞ。登紀も死にましたが、あれは手遅れであったというだけのこと。助かっておったやもしれませぬ。確実に死んでおるのは、あのことに関わった四人のうちの」

二人です。

「そうだが」

「それが萩之介の幽霊であるとするならば、何故にそのようなことになるのです。何を恨み何に祟っておるというので御座いますか。そして、幽霊でないのであれば」

誰が何を企んでおるというのでしょうと的場は言った。

監物は眉間（みけん）に皺を立てる。

「それではお前はその萩之介とやらは」

「身共は独り身ですが、棠蔵も、源兵衛も、そして監物様、あなたにも娘が居る。宜しいですか監物様。娘どもが萩之介を殺しておろうとおるまいと、そんなことはどうでも良いことなのです。萩之介が生きておろうとおるまいと、そんなこともどうでも良い。萩之介は棠蔵の娘を籠絡（ろうらく）し、源兵衛の娘をも手玉に取り、その結果、命を取られたのは」

「棠蔵と——源兵衛か」

「はい。そしてその魔手は監物様の娘御――雪乃様にも伸びておるのですぞ」

監物の顔色が変わった。

「幽霊だろうがそうでなかろうが、萩之介は雪乃様に近付こうとしておるのですぞ。よもやお忘れでは御座いますまいな」

「忘れてなどおるかッ」

監物は畳を叩いた。

「雪乃様は今――」

「うむ」

監物は背後を気にした。

「何としても男に会うと言うのでな。見張らせておったが、隙を見て抜け出そうとする。見張りの者も乱暴なことは出来ぬしな、二六時中交代で見張らせるのもな。だから」

座敷牢に入れたと監物は言った。

「座敷牢と申しますと、あの――」

「そうだ。雪乃の」

いかい、母を入れていた処だと監物は言った。

「彼処ですか」

「雪乃は余のことを気が違うておると罵り、大いに暴れおった。余も遣り過ぎかと思わぬでもなかったが、そうしてみると強ち間違うてもおらなんだということだな」

「あ――彼処にお入れになったのですか」

的場はあからさまに嫌悪の表情を浮かべる。

「彼処なら安心であろうに。それが人であるのなら――忍び入ることは絶対に出来ぬ」

「しかし美冬（みふゆ）様は抜け出されたではありませぬか。しかも、身重のお体で」

「あれは」

手引きした者が居ったのだと監物は吐き捨てるように言った。

「存じております。あのお付き女中は――身共が斬ったのです」

「同じ過ちを繰り返しはせぬわ」

「あの松とかいう乳母はどうなのです。雪乃様にかなり情を移しておったようですが」

「あれは雪乃からは離した。元よりお葉の代わりとして呼んだだけであるからな。今は信用のおける世話掛かりの女を交代で付けておる。入り口も固めておる。心配はない。何人（なんぴと）たりとも出入りは出来ぬ」

「人ならば――で御座いましょう」

「未（ま）だ言うか。良いか、雪乃に付き纏うておる男は、慥（たし）かにその萩之介に似ておる。いや、萩之介なのかもしれぬわ。だがな、それが何者であろうと、人に違いはない。幽霊は文（ふみ）など書きはすまいぞ」

「それはどうでしょう」

的場は監物を見据える。

「それを仰せになるのであれば、棠蔵を手に掛けたのも、人では御座いましょうよ、監物様。亡魂か魔物か存じませぬが、何かが――そうさせたのだとしたら」

「何だと」

「古来、そうしたものは人を操り偶然を装い行く末に影を落とすもの。もののけが差すというは、そうしたことに御座いましょう。宜しいですか監物様。もし、もし遺恨を残し死したる者が祟るというのであるのなら」

我等こそ祟られていて然りでは御座いませぬかと的場は言った。

「監物様。我等四人、これまで幾人の命を奪って参ったものか、お忘れになられた訳では御座いますまい。源兵衛だけでは御座いませぬぞ。今の我等は、数え切れぬ程の屍の上に立っておるのでは御座いませぬか。恨んでおるというのなら、それは」

「戯けたことを申すな佐平次。そのような愚かしいことがあるか」

「あるかどうかを確かめるために、身共はあの男を雇いまして御座います」

「あの男とは、その――祈禱師か」

「祈禱師では御座いませぬ。その男は呪師でも修験、法印でもなく、ただ、ありと凡百まやかしを暴くという男なので御座いまする」

的場はそう言い、居住まいを正した。

「此度のこと、背後に居るのが魔物であろうが人であろうが、標的は我等――いや、既に身共と監物様――」

的場は監物に掌を向けた。

「あなたです。ならば、その根にあるのは」

「あの――」

お静かに、と的場は監物の言葉を止めた。

「人が来ます」

廊下を人の気配がし、やがて襖の外から声がした。

「御前様。ただいま門前に、囲町武蔵晴明神社宮守中禪寺洲齋なる者が参りまして、御前様にお目通りを願うておりまするが――」

鐘が鳴った。

「刻限通りだな」

「そういう男だそうです」

「通せ」

「は。当人は、己は身分卑しき者なれば裏手に回りたき旨申しておりますが」

好きにさせよと監物は言った。

「お前は既に会っておるのだな、佐平次」

「はい。判らぬことは判らぬままに、事情は伝えております」

「それで」

何か言いかけた監物が庭に目を遣ると。

庭木の前に男が立っていた。

晴明桔梗の紋を黒く染め付けた白羽織を羽織っている。

「そ、其許は」

「中禪寺洲齋と申します」

男は丁寧に辞儀をした。

「正門よりのご訪問は憚られましたもので、斯様な場所から失礼致しまする。何分、身の証の立たぬ者に御座いますれば、私のような者がお奉行様のお屋敷に出入りしていることが公になるのは宜しきことではなかろうかと」

「ほう」

その方の指図か的場と監物は問う。

的場は畏まり、何も申してはおりませぬと答えた。

「殊勝な心掛けである。余が上月監物である。聞けば――中中の術者であるとやら」

「滅相もない。私はしがない――」

憑き物落としの拝み屋で御座いますと中禪寺は言った。

そしてその場に片膝を突いた。

「憑き物落としか」

「はい」

「苦しゅうない。面を上げよ」

「有り難う御座います。早速では御座いまするが――先ずはご報告を」

そう言うと中禪寺は顔を上げた。

「昨日、行方を晦ませておりました辰巳屋の実祢と番頭儀助、打ち揃って南町奉行所に自訴致しました」

「何と。それは真か」

監物は的場に目を遣る。

的場が問うた。

「自訴したということは、その二人が棠蔵を殺めたことを認めた、ということかな」

「はい。実祢様は、萩之介なる者を殺したことも自供なさったそうです。近江屋の火事で登紀様がお亡くなりになったことを受けてのことかと」

「なる程な。萩之介を殺したと言っておる三人の女のうち、残るは実祢だけになった、ということか、それで怖くなったか、或いは憚る者が居なくなったからか――」

中禪寺は的場の言葉には答えなかった。

「実祢様は、その――殺した筈の萩之介なる者が目の前に現れたので錯乱し、誤って父を刺してしまったのだと自供しているようです。儀助様もそう証言している」

「そんな与太話は通らんであろう」

「扠――どうでしょう」

中禪寺は監物を見上げる。

「この度就任された南町のお奉行様は機知に富んだ情に深い方と聞き及びます」

「遠山殿のことか」

「はい」

「前の北町奉行であるな。慥かにそうした評判は耳に致すが、だからと言って幽霊話を鵜呑みにされるような人物ではないぞ」

　存じておりますと中禪寺は言った。

「ただ」

「ただ何じゃ」

「萩之介と思しき者を目にしておりますのは自訴した二人だけでは御座いません。それが誰であったとしても、萩之介に見える何者かが辰巳屋の屋敷内に忍び込んでいたことは間違いのないこと。また、実祢様が萩之介なる者を真実殺害したのか否かは別にして、実祢様ご自身が殺害したと思い込んでいることも、事実。従って実祢様が侵入したる者を萩之介と思い込み、錯乱してしまうことは十分にあり得ること」

「すると」

「親殺しは大罪なれど、そうした事情を鑑み罪一等を減じることになろうかと存じます。儀助も同様。主殺しの場に居合わせたにも拘わらず虚偽の証言をし、重ねて下手人を隠避したる罪は軽からぬものではありましょうが、翻って自訴を促したのもまた儀助。本来であれば両名共に死罪となるところ、実祢様は遠島、儀助様は寄場送り辺りに落ち着くかと――」

「親殺し主殺しの裁きにそのような恩情、考え難かろう」

遠山様が仰せで御座いましたと中禪寺は言った。

「何と申した。その方、遠山殿に会ったか」

「多少のご縁が御座いますもので」

「その方――何者か」

「ですから」

憑き物落としに御座いますと中禪寺は応えた。

「今申し上げました通り、辰巳屋には何者かが居た。そして近江屋にも」

「何者かが居たと申すのか」

「はい。火元である別棟奥座敷から離れた処に居た近江屋の店の者どもに火事を報せた何者かが居たようです。聞いたところに依りますと、火が母屋や舗に燃え移る前に、火事だ遁げろと叫ぶ声がしたのだそうです。だから大勢がことなきを得た。声は別棟の方から聞こえて来たそうですが――慥か的場様がいらした際にお人払いをなさったとか」

「少なくとも儂が居た時、彼処に余人は居らなんだが」

「ええ。その後も誰も行っていないそうです。奥から火事だという声が聞こえ、きな臭い匂いと煙が漂って来たので、皆が慌てて外に遁げた。主の源兵衛様と登紀様が奥座敷に残っているとは思ってもいなかったらしい。それなのに――燃え盛る焰の中から登紀様を担ぎ出した者が居る」

「店の者が助けに入ったのでは」

「ないのです。登紀様がご自分で逃げ出したのでもない。登紀様は煙を吸って昏倒していたようですからね。しかし、遁げた者は誰も中に戻ってはいないのですよ。源兵衛様の姿がないことに気付いた時には、既に火消しが到着していたようです。登紀様が担ぎ出されたのは火消しが建物を壊し始め、見物人が集まって来て、大騒ぎになった後のこと。一体」

　誰が登紀様を救い出したのか――。

「誰も見ておらなかったのか」

「火事場ですからね。人も多く混乱もしている。ただ、登紀様を背負って出て来たのは目立つ恰好の男だったと言う者は幾人か居るようですが」

「目立つとは」

「さあ。尻端折りをしていれば裾の模様などは判りませぬでしょうし、細かい柄などは判らない。しかし、大柄の、しかも深紅の模様などがあったならば、まあ派手には見えましょう」

「深紅か。それは」

「ええ。弥次馬の中にたった一人、火事場から去って行く男の着物の柄を覚えていた者が居りました」

「それは」

「地獄花――と、その者は申しておりましたが」

「地獄花とは」

「所謂彼岸花、曼珠沙華のことかと存じます」

「それは――」

「はい。お聞きする萩之介の装束かと。また、その者の申しますには、その地獄花の着物の男は、総髪か若衆髷か、どうもそうした髪形であったという。如何にも瞭然としませぬが、要するに月代を剃っていない髪形ということで御座いましょうね」

「中禪寺殿、儂が其方の処に出向いたのが僅か三日前。其方、それをこの一日二日の間に聞き調べたのか」

「はい。見定めるには識らねばなりませぬ故」

「大したものだな。すると中禪寺殿。どういうことになるのか」

「そのままです。惨劇が起きた時、辰巳屋、近江屋、双方に似たような恰好の人物が居た、ということ」

「それが何か。それだけならば知れておったこと。其奴が何者かが問題なのではないか」

「何者かは未だ判りません。しかし、一つだけ判ることが御座います。その地獄花の男が、実祢様の言うように萩之介の幽霊であったのだとしても、或いは生きた萩之介であったのだとしても、萩之介に扮した何者かであったのだとしても――その何者かは萩之介を殺した、または殺したと思い込んでいる者達を、恨んではいない、ということです」

「何だと」

　監物は声を上げた。

「幽霊であってもか」

「はい。その者は業火の中からわざわざ登紀様を助け出しているのですよ。何故に怨敵を助けたりするのですか。遺恨なき者を救うのだというのであれば、源兵衛様こそを救うべきではありませぬか。もしそれが叶わなかったのだとしても、何故放っておけば確実に死ぬであろう登紀様を助けたのでしょう。それが登紀様に祟っていたとするならば、そのようなことは決してしないでしょうね」

「それはそうだが」

「人であったとしても、です。その者が火付けをしたのであれば、火が点いたら直ぐに遁げるでしょう。わざわざ声掛けして他の者を逃がし、のみならず火消しが到着するまで居残っていたりするものでしょうか。遁げる途中で声を掛けたというなら兎も角、燃えている中から逃げろと叫ぶのは不自然です。自分も一緒に死ぬつもりなら解らないでもないですが」

幽霊ならば遁げる必要も御座いませぬでしょうがと中禪寺は言った。

「助けたいのならもっと早くに助けられた筈です。声を掛ける前に連れ出していれば登紀様も助かったかもしれない。しかしそれはなかった」

待っていたからでしょうと中禪寺は言った。

「何を待っていたというのか」

「源兵衛様が煙を吸って倒れるか、火に巻かれるか、息の根が止まるかするのを待っていたのでしょう。それ以外には考えられませぬ」

「源兵衛が死ぬのを待っていたと」

「はい。その間に登紀様も倒れてしまった。死なずとも確実に死ぬだろうことを見極めて、然る後に、未だ息があった登紀様を担ぎ出した——としか思えない。そうすると、先に危険を報せたことからも、関わりなき者の命までは取りたくなかったとしか思えません。ならば、登紀様は」

「関わりがないと」

「少なくとも登紀様の命を狙ったものではない、ということです。辰巳屋さんの一件にしてもそうです。同じことをするにしても、実祢様を狙ったのなら棠蔵様なり儀助様なりを誑かして殺させるでしょう。そう巧くことが運ぶとは思えませぬが——殊の外、実祢様は気が小さかったのでしょう。少し怖がらせただけで忘我の状態になり、刃物を振り回して暴れた。聞けば実祢様は、母御の形見である懐剣を常に持ち歩いていたそうです。そのため、予想外に早く目的は達せられてしまった」

「目的とは——棠蔵を殺めることか」

「はい。だからそれで」

祟りは止んだと中禪寺は言った。

「実祢様に親殺しの罪を犯させることが出来たので、それで満足してしまったというのでしょうか。それこそ、そんな幽霊は居ないでしょう。しかしその後、実祢様の前に萩之介は現れていないようです」

「番頭と共に逐電したのではないのか」

「幽霊ならば何処に逃げても一緒でしょう。そう思ったのでしょう、実祢様と儀助様は、どうやら千住辺りまで逃げて、厄除けのお堂に籠っていたらしい。祟りを避けようとしたのでしょう。しかし、人を祟り殺すような猛き荒御魂が、ただ堂に籠っているだけで除けられるとは到底思えませぬ」

「そういうものであるか」

気休め程度にはなるでしょうと中禪寺は言った。

「御利益を強く信じ込んでいたとしても、心の奥底の畏れを取り除くにはそれなりの作法が必要なのです。何もせずに籠っているだけで治まるのなら、それは最初から」

、、、、、

そうしたものではないのですと中禪寺は断言した。

「幽霊ではないのだな」

「そんなものではないでしょう。しかし、それが人ならば尚更。実祢様を殺めんと欲しているのならば、人気のない堂に引き籠っておるというのは寧ろ好都合ではありませぬか。それ以前に、その者は実祢様が棠蔵様を刺したその時、その場に居たのでしょう。ならば其処で殺してしまえば済むことです。その気であれば幾らでも出来たことかと思いまするが」

「番頭が居ったからではないのか」

「儀助様は実祢様を護ったのだと言っていたようですが、どうでしょうね。既に棠蔵様は死んでいる。実祢様が標的であったならば、儀助様を殺してでも命を取っていたかと」

「その儀助とやらが抗うたのではないのか」

「それは違うでしょう。栄蔵様を刺したのは実祢様。刃物を持って暴れていたのは実祢様なのです。儀助様は暴れる実祢様を押さえ付け、それ以上の凶行を止めた――それをして護ったと称していたのだろうと思われます。その男は――多分、何も為ていない。ただ」

実祢様が錯乱する程に怖がっただけですと、中禪寺は落ち着いた声で言う。

「余程怖かったのでしょう。ただ、その後その男が現れることはなかった。しかし、それでもう大丈夫と思われた訳ではなかったようです。近江屋の火事を知り、登紀様の死を知って、実祢様は再び畏れ慄いた。そこで儀助様に説得され、悔い改め自訴する以外にないとそう思われたのだそうです。つまり、何もかも実祢様の」

「独り相撲、ということか」

「正に。そうしてみると、その萩之介なる男――本物か否かは別にして、実祢様を殺す気も登紀様を殺す気もなかったと考えるよりありません」

「最初から栄蔵と源兵衛を的にしていたということか」

「そうでしょう。殺す気であったのか、或いは苦しめようと思っていたのかは判然と致しませぬし、殺すつもりであったなら果たしてどのような企てをしていたものかも判りませぬが、予想通りであれ予期せぬことであれ、お二人とも」

「死んでしまった――か」

「はい」

中禪寺はそこで身を固くした。

「ですから、辰巳屋と近江屋に関して申し上げるなら、此度のことはこれで終いなのです。縦んばそれが何かの祟りであったのだとしても、もう誰も祟られることはない。人の仕業であったとしても、この先はもうないものと思われます」

「しかしその——萩之介とやらは」

「その者を捕らえたところで大した罪には問えませんでしょうね。忍び込んだだけで何も為ていない。死人の振りをして怖がらせただけです。実際のところ、棠蔵様を殺めたのは実祢様なのです。そして源兵衛様は焼死。火付けの証拠は出ないでしょう。問題なのは——その萩之介がご当家のお嬢様にも接触しているということです」

「それだが」

「お二人にお尋き致します。何か」

隠し事をされてはいらっしゃいませぬかと中禪寺は問うた。

「何を言うか」

「ご無礼を承知で伺って居ります。辰巳屋と近江屋の間には、商売の上での大きな繋がりは見出せません。しかし必ず何か関わり合いはある筈です」

「それはだから、娘どもが」

それは違いましょうと中禪寺が断言するように言う。

「何が違う」

「標的が棠蔵様と源兵衛様であるならば、実祢様も登紀様も罠に掛かったと捉えた方が筋が通りましょう。お二人を何らかの道具と為して、便利に遣うために——」

「萩之介は棠蔵と源兵衛を殺すために二人の娘を誑かしたというのか」

「先ず間違いないかと。そして因果の因は、もっと別なところにある」

「因果の因だと」

「はい。棠蔵様と源兵衛様に関わりが見出せたならば、それこそが因果の因。しかし辰巳屋は桂庵、近江屋は材木問屋。一件何の関わりもないようではありますが——」

中禪寺は鷹の如き鋭い眼差しを監物に向けた。

「その間に作事奉行様を置けば、形は綺麗に収まりましょう。人足も材木も、普請には欠かせぬものに御座いますれば」

「ぶ、無礼な」

「無礼を承知と申し上げた筈。それに、作事奉行様と口入屋や材木問屋に関わりがあるということ自体は、何ら不自然なことでは御座いますまい。寧ろ当たり前のこと。私はそこに不正があるなどとは一言も申し上げておりませぬ。それとも何か——身に覚えでもおありなので御座いましょうか」

「そ、それこそ無礼な物言いではないか」

口をお謹みあれ中禪寺殿と的場が窘める。

「お奉行様の面前であるぞ。控えよ」

「お気に障られたのであればお詫び申し上げます。私はただ、お奉行様が三番目の標的か否かを確かめたいだけに御座いますれば」

「余が――」

「そうなりますでしょう。辰巳屋棠蔵、近江屋源兵衛、亡くなったこの二人とこちらのお嬢様に深い繫がりがあるというのであれば兎も角、それがないのであれば」

「だが中禪寺とやら。娘に文を寄越した男と、辰巳屋近江屋両名の為に関わった者が同一人だという証もなかろう」

「証は御座いませぬが、別人とは考え難いでしょうね」

「しかしだな」

「御前。それは身共もそう思いまする。中禪寺殿の話を聞く限り、実祢も、そしてあの登紀までもが、己を失い、身を滅ぼすまでに畏れている。お葉と同じです」

「お葉か――」

「的場様のお話ですと、お葉様はその男を見て大いに畏れたとか。見る度に衰え、遂には病み付いてしまったのだと聞き及んでおりますが」

「そのようであるな」

「ならば――いや」

中禪寺はそこで言葉を切り、暫し考えを巡らせたようだった。

「お葉のことは何も判らぬのか」

「はい。雲か霧の如く――まるで消えてしまったかのように足取りが残っておりません。このお屋敷を出たところを見掛けた者すら居りません」

「出奔したのは深夜のことであったようだからな。しかも、かなり弱っておったのだ。見たところ、もう幾日も保たぬという様子であったが――」

「そうは申しましても的場様、どれだけ衰弱していようとも、人一人が消えてなくなることなどはありませぬ。弱っておるなら弱っておる程に動きも進みも遅くなりましょう。お聞きする限り、遠方まで移動することは難しいのではないかと」

「死んでおるのであろう」

「亡くなっているならば尚更にそうです。この江戸で誰にも見付からぬよう独りでこっそり死ぬなどということは、至難の業で御座いまするぞ。ご府内に放っておかれる骸などはない。無縁であれ野垂れ死にであれ、必ず葬るし、葬られれば記録が残ります。ご府内に居るのであれば、生きて隠れ潜んでいるか、死んでいるのなら、誰かが隠したか」

「隠したと」

「ええ。例えば人知れず何処かに埋めるか、それこそ葛籠にでも入れて沼に沈めるか――」

「それは」

「そうした工作でもされぬ限りは、必ず見付かりましょう」

「では――その、萩之介が」

中禪寺は首を横に振った。

「隠す意味がありません。骸を隠すのは、多くは己の罪を隠すため。殺害したのなら殺害したことを隠蔽するため。病死や衰弱死したものを隠すというのであれば、生きているように見せ掛けるため、ということになるので御座いましょうが——果たしてお葉様が生きていると思わせて得のある者が居るでしょうか。恐怖を煽るために亡くなったことを誇示するというのなら兎も角、骸を隠す理由は見当たりませんが」

「ならば生きておるか」

どうでしょうねと中禪寺は言った。

「それよりもお奉行様。お嬢様やお葉様と一緒に、その萩之介を見たという方がいらっしゃるとお聞きしましたが」

「松か」

「そのお方のお話をお聞きしたいのですが」

「良かろう」

監物は的場に無言で指示をする。的場は立ち上がり、襖を開けた。

「誰か。誰かある」

少しの間を空け、侍が駆け付けた。

「お松を此処へ」

「は、松殿は」

「どうかしたのか」

「ここ数日、床に伏せっておられるご様子で御座いまするが」

「何だと。何処か悪いのか」

「そこまでは」

「良い。連れて来い」

畏まりましたと言って侍は足早に去った。

松は疾(やまい)かと監物は問う。

「あれも——畏れておったようだからな」

「その男を、で御座いますか」

「魔物だと申しておった」

「なる程。魔物ですか」

中禅寺は顎(あご)を擦(さす)った。

「中禅寺とやら。その方、祈禱師だか陰陽(おんみょうじ)師だか知らぬが、実に理路整然としておる。先程よりのその方の話を聞くに、辰巳屋近江屋に現れ、また余の娘の近辺をうろ付いておるのは、幽霊などではなく人だと、そう聞こえるがそれで良いか。お葉も松も大いに畏れるが、それでもそれは人ならぬものではないと考えて良いな。ま、幽霊など居(お)らぬであろうしな」

「幽霊は居(お)ります」

「何と」

「ただ、それは見る者の中に居るというだけ」

「それは夢だの幻だの、見間違いということではないのか」

「いえ。ただの夢幻では御座いませんし、見間違いでも御座いません。それを見る者にとっては、瞭然(はっきり)と居るので御座います。しかしお奉行様。それは、余人に見えるものではない」

「見えぬか」

「己の罪に怯(おび)えたる者の目には見えても、他の者には見えませぬ。それが亡魂ならば、お葉様の目に見えたとしてもお嬢様やお松様には」

決して見えないと中禪寺は言った。

「その萩之介なる者、少しばかり大勢に見られ過ぎております。火事場の弥次馬にまで姿を見られております。辰巳屋の番頭殿とは言葉も交わしている。人助けまでしております。そのような亡魂は――ない」

「中禪寺殿。それは人でも、その何かに操られておるということはないのか」

「操られておりましょう」

中禪寺は立ち上がった。

「過去という――魔物に」

「何じゃと」

「そうした魔物妖物(ようぶつ)を祓(はら)うのが私の仕事で御座いますよ、お奉行様。そのためには」

中禪寺は横を向いた。

「識らねばならぬのですが」

「何を」

「隠されている昔――で御座いましょうか」

中禪寺は振り向きざまに監物に射竦めるような視軸を向けた。

「未だ言うか。余に隠しごとなどない」

中禪寺が何か答える前に、襖の外からお殿様という弱弱しい声が聞こえた。

「お殿様、お呼びで御座りまするか」

「松か」

的場が襖を開けると、団子のように丸くなり平身低頭した松が居た。

「松。加減が悪いと聞いたが」

「はあ、その」

「それでは話が聞けぬ。顔を上げ中に入れ」

的場に促され松は顔を下げたまま背を丸めて座敷に入り、隅の方に座ると監物に対し再び丸くなって頭を下げた。

「良い。面を上げよ」

そう言った後、監物は一度中禪寺を睨み付けた。

「松。こちらは――」

憑き物落としの拝み屋で御座いますと中禪寺は言った。

「つ、憑き物落とし」

松は顔を上げ、眼を円くした。

「この家に憑く悪しきものを落としに罷り越しました。失礼仕る」

中禪寺は庭から縁に上がり、其処に座って一度低頭した。

「お松様。お伺いしたきことが御座います。その前に――何かあったので御座いますね」

「は」

松は一層に眼を見開く。

「はい。いえ、その――」

良い、申せと監物は言う。

「しかしお殿様」

「余の前では憚られるようなことか」

「とんでも御座いません。ただその、余りにも。何と申しましょうか、その」

「良いから申せ」

「それが、お葉殿の」

「お葉だと」

幽霊が出ますと松は言った。

「何だと。詳しく申せ」

松は泣きそうな顔になった。

「二三日前から――奥向きでそういう噂が立っておりましたのです」

「奥向きとは」

「はあ、奥の女達の間で——井戸の脇に立っていただの庭の奥で見掛けただの——いいえ、どれも瞭然見た訳でもなく、それでもあれはお葉さんだ、お葉さんはきっと何処かで死んで、このお屋敷に未練があって帰って来たのだと」

「莫迦莫迦しい。お葉は死んでは——」

中禪寺は手を翳し、的場の言葉を止めた。

松は益々肩を窄め、眉根を寄せてその通りで御座いますと言った。

「お葉様が姿を消し、そして雪乃様があのような——」

雪乃のことは言わずとも良いと監物は言った。

「はあ、皆、何と申しましょう、そうしたことが続きましたので、不安になっておるので御座います。ですから、そのような愚かしいものを見るのだと、わたくしもそう思うておりましたのですが」

松は顔を顰め、背中を丸めた。

「わ、わたくしも——」

「何だ。どうしたのだ」

見てしまったので御座いますと松は言い、両肩を抱いてまた丸くなった。

「見たと申すか。お葉をか」

「ま、間違い御座いません。あれはお葉殿の顔」

「何処で、何処で見た。いつだ」

「き——昨日で御座います。お葉殿が——」

松は視線を上げ、そして天井に顔を向けた。

「廊下の、天井にお葉殿の顔が」

そこで声にならぬ悲鳴を上げ、松は突っ伏した。

「お、恐ろしゅう御座います。あの顔が眼から離れませんで——」

「お松様」

中禪寺は立ち上がり、松の傍まで近寄った。

「ご心配は要りません」

中禪寺は屈(かが)み、松の肩に手を掛けた。

「あなたには何の障りもありません。何を見ても何と出遭っても、それがどれ程恐ろしく感じられたのだとしても——怖がることはありません。あなたには恨まれる理由がない。それが何であれ、あなたに累が及ぶことは金輪際ありません」

そう言って中禪寺は天井を見上げた。

「それは、天井に居たのですね」

「そうで御座いますが——」

中禪寺は上を向いたまま立ち上がった。

「そうですか。天井に居ましたか——」

「あれは、幽霊で御座いましょう」

「お松様は何故にそれを幽霊だと思われますか」

「それは、だって、お葉殿はもう」

「お葉様が亡くなっているか否かは、未だ判らないのです。お松様はお葉様の生死をご存じなのでしょうか」

　とんでもないと松は首を振った。

「それではどうして幽霊とお思いになったのでしょう」

「それは、その、大層恐ろしいお顔で——」

「お葉さんという方は」

　そんなに恐ろしいお顔をしていらっしゃいますかと中禪寺は問うた。

「いいえ。お葉さんは大層お美しいお方で——」

「そのお美しいお顔がそんなに怖かったのでしょうか。まあ、天井裏から覗いている顔を見てしまったりしたならば、何方様でも吃驚はすることでしょうけれども——もしそれが生きたお葉様だとしても、そんなに怖いですか」

　松はゆっくりと天井に視軸を向けた。

「それは——」

「それではお松様。今度は——思い出してくださいませぬか」

「な、何で御座いましょう」

「あなたは過日、お嬢様と一緒に、深紅の曼珠沙華を染め付けた衣装を纏った、怪しい男の姿を見ていらっしゃるそうですね」

「あ、あの、魔物のような――」

「そうです。それではその魔物は」

どのような髪形でしたかと中禪寺は問うた。

「髪形で御座いますか」

「はい」

松は顔を上げ、不安げに中禪寺を見上げた。

「そう、頭から手拭(てぬぐ)いのようなものを被(かぶ)っていたので――」

そう言った後、松は自が額に指を当てた。

「――でも、そう。前髪立ちであったような」

「なる程」

中禪寺は松を見て首肯(うなず)いた。

「そうですか。それではもう一つ。あなたはその男を見て、何故に怪しいとお思いになられたのでしょうか」

「それは――墓地裏の入らずの森から出て来たものですから」

「それは慥(たし)かに怪しいでしょうね。しかし、それだけですか」

「いえ、その、顔立ちが」

「顔がどうだったのです」

「それが、この世のものとは思えない程に整っておりましたので」

「そうですか。お松様、思い出してください。あなたはその綺麗な顔に——見覚えがあったのではありませんか」

「そんな、あのような若衆、見覚えなどある訳が——」

「そうですか。お松様。能く思い出してみてください。その顔は、ただ綺麗であったというだけでなく、そんな処に居ては怪訝しい人、本来其処にある筈のない顔だったから、だから奇異にお感じになられたのではないですか」

「其処に——あるべきでない——顔」

「普通、天井に顔はありません。だから見上げて顔が見えれば驚く。同じことです。人の立ち入れぬ処から人が出て来たならば、矢張り不審に思うでしょう。でもそれだけではない。それだけならば、そこまで恐ろしくはない。でも、決して其処に居る筈のない者が居たなら」

ああ、と松は声を上げた。

「あれは、あの顔は」

中禪寺は松を見下ろして、そういうことですと言った。

どういうことだと監物が怒鳴る。

「解るように申せ」

「ええ」

中禪寺は監物に向き直り、

「お葉さんが萩之介なのです」

と、言った。

「な、何を莫迦なことを――お葉は、いや、あり得ぬだろう。そんな奇天烈なことは信じられん。そもそも、雪乃の話に依ればお葉が萩之介を」

「見付けていた――というのですよね。見付けた後、お葉様はどうなさったのでしょう」

「わたくしが居た折には」

倒れておしまいになり申したと松は言った。

「そう。お葉様は見付けるだけ。彼処に居ると示すだけなのです。実のところ、其処には誰も居ないのですよ。注意をそちらに向け、自分は気分が悪いと席を外す。そして用意しておいた男装束に――早変わりしたのでしょう。ただ、衣服は着替えられても髪形まで変える時はありませぬ。結い直すことなどは出来ない。だから手拭いなどで隠していたのでしょうね」

「そんなことは――」

「不可能ではないかもしれぬが――いや、幾ら何でも判るのではないか」

「ええ。でも、お松様は多分、今の今まで判っていなかった筈です。そんなことがある訳はないと、頭から思い込んでいる。そしてそれは男だと思い込んでいるからです。お葉様は、多分最初に、彼処にこれこれこういう男が居ると示されたのでしょう」

だから――と中禪寺は言う。

「萩之介は、決してお嬢様には近付いてはいないようですし、言葉も交わしていない。お嬢様は初回で男だと思い込んでしまい、のみならず好意を抱いてしまったため、二度目以降は疑うこともしなかったのでしょう。一方お松様は計らずも割と近くで出逢ってしまった。勿論、お松様もそれがお葉様だなどとは毛程も思うてはおられなかった筈です。お葉様は寺で休んでいる筈なのですから、そんな処に居る訳がないですからね。でも」

「でも――何か」

「い、同じ顔だったのですよ。だからこそ奇異に感じられたのでしょう。しかし、いったい何が怪訝しいのか、お松様には判らなかった。そんな不整合は到底当たり前の思考で埋められるものではないからです。だから――驚くのではなく、恐ろしく感じられたのでしょう」

「お、お松。それは」

松は顔面蒼白になり、何度も首肯いた。

「そうです。その通りです。あれは、あれは、あの男の顔は」

お葉殿の顔。

「天井の板を外して覗いていたのも――同じ顔だったのではないですか」

「ああ、そうです。でも、そちらは」

「お葉様だと思った。そう思ってご覧になったからそう見えたのでしょう。同じ顔なのですから。でも――その顔はあの男の顔とも同じだったのです」

「すると、雪乃を誑かしていたのはお葉――ということになるのか」

「そうでしょうね」

「いや、それは俄には信じられぬな。そうするとお葉は、自分が殺した男に成り済まして雪乃に近付いたということになるのか」

「違います」

「どう違う」

「お葉様が萩之介に成り済ましたのではないのです。萩之介こそがお葉様」

「何だと」

「女に成り済ましてご当家に潜り込んだ、と考えるべきではないでしょうか」

「お、お葉が――男だったと申すのか」

「そうとしか考えられません。萩之介とお葉が同一人であるならば、それは男です。萩之介は実祢様と登紀様の二人と情を交わしている。そうすると、お葉、などという女は最初から居なかったことになる。ならば雲か霧のように消えてしまうのも当たり前のことです。元より居なかったのですからね」

的場は口を開け、監物に顔を向けた。

「いや――雪乃様が見た男がお葉だったとしても、それは矢張り女、本物の萩之介は死んでおるのではないのか。お葉が殺した萩之介に化け、辰巳屋と近江屋の娘を――」

それは無理でしょうと中禪寺は言った。

「何故だ」

「ご当家のお嬢様と違い、実祢様も登紀様も、両名ともに萩之介とは枕を交わした深い仲なのですよ。装束を揃え髪形を変えた程度で騙せるとは思えませぬ。況て知った女が扮装していて判らぬ訳もない。本人だからこそ、両名とも錯乱する程に——怖れたのでしょう」

父親を殺めてしまう程に。

「いや、しかし、中禪寺殿。もし萩之介とお葉が同一人だというのであらば、実祢なり登紀なりがお葉に会うた際に判ることなのではないか」

「そこは抜け目がないでしょう。そもそも実祢様と登紀様はどうやって萩之介の不実を知ったのでしょう。お話を伺ってからずっと不可解に思っておりました。二人に接点はない。それまでも交流は一切なかったようです。もっと言うなら、いずれも上月家の奥向き女中と知り合う契機は更に少ないでしょう。つまり」

「お葉が報せた——いや萩之介自らが教えたということか」

「凡ては仕組まれていたことなのです。三人が顔を合わせるのは常に深夜、明かり乏しき場所であった筈。それよりも先ず、想い人の不実を報せて来た恋敵がその想い人自身だとは、誰も思わないでしょう。」

「凡ては萩之介が仕組んだことと言うか」

「実祢様も登紀様も、その罠に嵌まっただけです」

「すると——萩之介殺しは」

「勿論、萩之介本人の狂言で御座いましょう。殺害を持ち掛けたのもお葉、お膳立てをしたのもお葉、後始末をしたのもお葉。なのに、殺害の機のみお葉はその場に居なかった。それは当然でしょう。殺されている——当人なのですから。頸を絞められ死んだ振りをして二人を一度返し、女に戻って後工作をした。留めを刺そうと言い出したのもお葉のようですが——」

そんな細工は幾らでも出来ましょうと中禪寺は言った。

「お葉が——男であったというのか」

監物は茫然として的場を見る。

「そうすると、お葉——いや、萩之介はこの家から夜な夜な抜け出し、辰巳屋と近江屋の娘どもと密会していたと——そういうことになるのか」

「そう考えるよりないかと存じます。お葉なる女が居たとして、です。この度の狂言の標的にされたのはあくまで棠蔵様と源兵衛様。その女に、二人を恨む理由があったとは思えませぬでしょう。繰り返しますが、口入屋と材木問屋、双方と関わりを持つ渡世は、然う多くはありませぬぞ。しかも——女の身では」

「男なら——萩之介であればその理由がある、と申すのか」

それは知りませんと中禪寺は言った。

「し、知らぬとはどういうこと。ここまで長広舌を続けておいて」

「それを言うなら、萩之介が女に化けてこの家に潜り込んだ理由も、付け文でお嬢様を呼び出して何をしようとしていたのかも——私には判りません」

「貴様——それでは役に立たぬではないか」

監物は腰を浮かせた。

「ええ。判らないものは判りません。識らぬことは語れない。上月様。宜しいですか、何もかも包み隠さずお教え戴けないのであれば、この仕事は出来ないのです。凡てを識らねば、案ずることも判ずることも叶わぬものに御座いまする。ですから、私はこの家に憑いた悪しきものを落とすことが出来ません」

「悪しき——ものだと」

監物は気色ばんだ。

「ええ。大変に悪しきものかと」

「貴様、萩之介は幽霊ではない、人だと言ったではないか。幽霊は——見る者の中にしか居らぬのではなかったか」

「その通りです。幽霊は、それを見る者の中にだけ居りましょう。しかし、魔物は違いまするぞ上月様」

「魔物——だと」

「心中に畏怖悔恨を抱える者は幽霊を見ましょう。しかし心中に憎悪怨嗟を飼う者は、魔物を見るのではなく——魔物となるのです。これは」

禍を為しますと中禪寺は言った。

的場は暗い顔をした。

中禪寺は松に手を差し出す。

「ただお松様。あなたは平気です。既に——落ちている。恨まれることも御座いますまい。お加減も宜しくないのでしょうし、どうぞ、ごゆっくりとお体をお休めください。しかし」

中禪寺は座敷の天井をぐるりと見回した。

「このお屋敷の方は——」

「何だ。何だというのだ」

監物の問いには答えず、中禪寺はその前に正座し、一度頭を下げた。それから的場の方に体を向け、懐から切り餅——二十五両を出すと、畳の上に置いた。

「的場様。この頼み金はお返し致します。私に出来るのはここまでで御座います」

「中禪寺殿——」

良いではないかと監物は面倒そうに言った。

「亡魂物怪の類いでないのなら、そんなものは要らぬ。まあ、何もなくとも方角が悪いの日が悪いの、厄払いだ魔除けだのと金をせびり取る不逞の輩が多い中。その者は自ら幽霊など居らぬと申したのだからな。それで身を引くとは潔いではないか」

「しかし御前——」

「良いと申しておる。その者の見立て通りなら、凡ては萩之介とやら一人の仕業。ならば易いことではないか。中禪寺とやら、ご苦労であった」

中禪寺は再度監物に礼をし、立ち上がって縁に出た。

　そこで中禪寺は立ち止まり、振り向いた。

「そういえば上月様。お嬢様は今、どうしていらっしゃるのですか」

「ふん。その方には関わりあるまい。安全な場所に匿うておる」

「安全――ですか」

「妖魅亡魂ならいざ知らず、人ならば決して出入りの出来ぬ場所だ」

「監禁なされていると」

「何だと」

　的場が割って入った。

「人聞きの悪いことを申されるでない中禪寺殿。雪乃様は、まるで術でも掛けられたかのように萩之介に会いたいと仰せになる。万が一抜け出されたりなされぬよう、厳重に――」

「そうしたことを監禁と呼ぶのではないのでしょうか」

　いい加減にせいと監物は刀を取り、鐺で畳を突いた。

「用心に越したことはなかろう」

「はい。用心に越したことは御座いません。一つだけご忠告を申し上げます」

　中禪寺はまた欄間の上に目を向けた。

「お嬢様を呼び出し、萩之介が果たして何をしようと企んでいるのかは判り兼ねますが、もしかすると、それは顔を合わせずとも済むことなのかもしれません」

「どういうことかな」

「話をするだけなら」

天井裏からでも出来るということです——と言って、中禪寺は庭に降り、もう一度礼をして去った。

的場は手を伸ばしたが、結局止めることをしなかった。

「思わせ振りなことばかり言いおって」

監物は憎憎しげに言う。

「ただ役には立った。筋は通っておる。お葉が男とは思ってもみなかったがな」

「しかし御前——」

的場は言葉を止めた。座敷には未だ松が居る。どうしたら良いか判らないといった態で半端に低頭している。下がって良いぞと的場は言った。

「戻っても此処で聞いた話は口外致すな。ただ、お葉は生きているから幽霊などは出ぬと言っておけ」

肩を叩くと松は遜り逃げるように座敷を出て行った。

「監物様。あの者帰してしまって良かったのでしょうか」

「良いも悪いもなかろう。あの者の話の通りなら加持も祈禱も不要だ。萩之介を殺してしまえば済むことだろう」

「殺すのは簡単かもしれませぬが——殺してしまっては子細が知れますまい」

「子細——な」

「あのことと関わりありやなしや——いや、棠蔵と源兵衛を的にしていたのであれば、関わりがあることは間違いなきこと。ならばどう関わっておるのかを——」

「それをあの拝み屋に探らせようというのかお前は。そんなことが出来る訳がなかろう。あのことと関わりがあるのであれば、何としても我等のみで始末せねばなるまい」

「始末出来ましょうか」

的場は声を荒らげた。

「身共は正直、中禪寺殿の話を聞くまで、何も判っておりませんでした。でも監物様。中禪寺殿と我等、知っているものごとの量に大きな差はないので御座いますよ。いや、間違いなくこの一件に関しては我等の方が多くの物事を知っておりますし、詳しい。見聞きしてもいる。直接関わってもいる。それでも五里霧中だったのです」

「それがどうした。あの者が解きほぐしてくれたではないか」

まだ途中ですよと的場は声を荒らげた。

「少なくとも萩之介があのことを知っていることだけは間違いない。齢から推し量れば誰かから聞かされたとしか思えませぬが、ならばあのことを誰に聞いたのか。何を、何処まで知っているのか。他に知っている者は居らぬのか。誰かに喋りはしなかったか。そして、何をどうするつもりであったのか。何も判っていない。身共は——それら凡てが詳らかになるまで、夜も眠れない。気になって気になって気になって」

気が狂いそうだ。

「宜しいのですか、何も判らぬままで居て」

「そんなものは捕まえれば判ることであろう」

そうは思えませんと的場は言って、拳を握った。

「あなたは殺すと言ったではないですか。何度も言いますが、殺すのは簡単なんです。あなたの立場なら人も沢山使えるでしょう。捕らえることも出来るのかもしれない、しかし捕らえた後はどうするのですか。誰が取り調べるのです。町方にでも取り調べして貰いますか」

「巫山戯たことを申すな」

「そうです。正に巫山戯たことです。捕らえたって取り調べなどさせられません。あのこと、、、を喋られたなら、一巻の終りですからね。いいですか監物様。あなたがどれだけの人を使役出来ようとも、どれ程の権力をお持ちであろうとも、、、、棠蔵源兵衛亡き今、結局は、身共とあなたしか居ないんです。二人しか居ないのですよ。あのことに関して言えば、誰の手も借りられないのですよ」

「ならばどうしろと言うのだ佐平次。よもや、先程の男の手を借りるとでも言うのか」

「そうです。あの男なら」

「おい。真逆あの者に秘密を告げると言い出すのではあるまいな」

「告げるよりないでしょう」

「愚かな」

愚か者はどちらですかと言って的場は片膝を立てた。

「萩之介に秘密を告げた者、萩之介が秘密を漏らした者。いったい何人があのことを知っておるのですか。萩之介が何を為ようとしているのか、その結果どうなるのかも、何も判らないのですよ。捕まえられなかったらどうするのです。殺したとして第二第三の萩之介が現れないとどうして言えるのですか。萩之介が町奉行所に捕縛されて、あることないこと自供しないと何故に言い切れるのですか」

「な、何をいきっておるのだ佐平次」

「身共は――いや、俺はもう沢山なんだよ。そりゃああんたは大概のことなら言い逃れも出来るだろう。奉行だからな。俺はそんな身分じゃないんだ。何かありゃお終いだ。俺は未だ死にたくはないんだ」

　的場は立ち上がる。

「おい佐平次。いったいどうしたというのだ」

「どうもしませんよ。棠蔵が死んで源兵衛が死んで、今や俺が一番格下じゃないか」

「お前と余は一蓮托生だ。何かあったら必ず護る」

「信用出来ませんよ、そんなこと。何かあったらではなく、何も起きないように手を打つのが賢い人の遣り方でしょう」

「そうは言っても、あの男に秘密を明かすというのは」

「少なくとも今よりはましでしょう。放っておいたらどうなるか判らない。あの男が凡てを解き明かしてくれたなら、そこで止まりますよ。心配なら一件落着した後に」

殺せばいいでしょうよと的場は言った。

「あなたが斬ればいい。汚れ仕事をするにも、もう二人きりですからね」

的場は足を踏み出す。

「待て佐平次。待てと言うておるのが聞こえぬのか」

「執拗いですな。何処の馬の骨とも知れぬ者が秘密を握っていて、それがどれだけ広まっているのか、広まっていくのか判らぬ宙ぶらりんでいるのと、信用の置ける者一人に秘密を打ち明け、それを止めて貰うのといずれが賢いか、考えるまでもないことです。凡て話さねば見通せないということは、あのことさえ告げれば見通せるということでしょうに」

「待てっ」

監物は怒鳴った。

「どうしても行くか」

「今なら駆ければ間に合う」

「そうか」

監物は的場の背を一刀の下に斬り割いた。

「あのことは何人にも語らせはせぬ」

監物はそう言った。

的場佐平次は、死んだ。

捨子花

太い格子の隙間は狭く、雪乃の細い腕でも出すことは出来ない。

雪乃がこの牢獄（ろうごく）に閉じ込められて、既に十日が経つ。

十日——だと思う。窓もなく、陽も差し込まぬから雪乃には朝か夜かも判らない。刻（とき）が進んでいるかどうかも判らなくなる。着替えは日に一度差し入れられるから、その数で日が数えられる。食事も日に三度運ばれて来るから刻はそれである程度判る。

しかし四日を過ぎた辺りで、雪乃は数えることが莫迦（ばか）らしくなってしまった。

畳敷きだし、夜具も座布団も上等なものが設（しつら）えられている。厠（かわや）も仕切りがあるだけではなく囲われていて、しかも毎日掃除が入る。湯浴（ゆあ）みが出来る小部屋まで用意されている。差し入れられる膳（ぜん）に載った料理も、普段よりずっと良いものである。

雪乃は本物の牢屋という処（ところ）がどんなものなのか知らないから、この暗く堅牢な牢獄がどれだけ高待遇なのか、まるで判っていない。父は雪乃を此処（ここ）に閉じ込める際、何不自由なく過ごせる場所だと言った。慥（たし）かにその通り、暮らすのに不便はない。

用があれば鈴を鳴らせば済む。直（す）ぐに人が来て、所望するものを用意してくれる。

だが、不便がないというだけである。自由はない。

三日か四日か、始末が付くまでの辛抱だと監物は言った。何をどう始末するのか雪乃は知らない。あの人を――。

殺してしまうつもりなのか。

父なら遣り兼ねないと雪乃は思っている。

これまで考えぬように努めて来たけれど、監物という人は怖い人なのだ。

幼い頃は殆ど構って貰えなかった。けれども、十三を過ぎた辺りから監物の雪乃に対する態度は一変した。

自分は他の家の娘より大事にされているのだと思った時期もあった。

しかし、思い返せばあの執着は尋常なものではなかったように感じる。後になって知ったことだが、監物は雪乃に持ち掛けられた縁談を悉く断っていたらしい。のみならず、雪乃に近付こうとする男という男は悉く――何らかの形で――排除されてしまっていたのだそうだ。流石に殺すことはなかったようだが、中には相当酷い処遇を受けた者もいると聞いた。

何も知らなかった。

勿論、それでも毎日の暮らしに不都合はなかったからだ。雪乃はこれまで何一つ不自由を感じたことなどない。習いごともさせて貰えるし、欲しいものは何でも手に入った。ただ、思い起こせば身の回りに居るのは常に同性ばかりではあったのだ。幸いにもというか、不幸にもというべきか、雪乃は世間知らずだったし、こんなものだと思っていたのだ。

芝居見物は勿論、町に出ることさえも禁じられていたけれど、見たこともないものは好きになることもなく、為たことがないことは為てみたくもならなかった。そういうものだと思っていた。他よりは厳格な家柄だ——くらいには思っていただろうが。

でもそれは違っていた。

かといって、どうしようもなかったのだが。

いつの間にか父は雪乃にとって重い足枷となっていた。

あの——。

あの人に魅かれたことは間違いないのだけれど、だからといって逢ってどうしようと思っていた訳ではない。そもそも何処に居るのか、名前さえ知らぬ相手と逢うことなど叶うまい。それくらいのことは考えずとも判るし、ならば本気でないことくらいは量れるだろう。それでも逢いたがることで、監物がどのような態度を取るのかを雪乃は知りたかったのだ。

そして雪乃は幽閉された。

そして雪乃は確信したのだ。

矢張り父は、上月監物は——普通ではない。そもそも家の中に牢などあるものなのか。十八年も暮らしていて、雪乃は屋敷の中にこんな部屋があることを知らなかった。しかしこんなものは急拵えで出来るものではないだろう。どう見ても増築や改築ではない。この牢は、屋敷を建てた時からあるのだ。

ならば。

雪乃の生まれる前から、監物はそういう人だった、ということになる。

そういう人というのがどういう人なのか、雪乃自身明確には解っていない。けれども上月監物という男が、常人には量り切れぬ、底の知れない恐ろしさを持っているということを、雪乃は確信した。

多分――五日前。

屋敷の中が騒がしくなった。

途切れ途切れに聞こえた話を繋(つな)ぎ合わせると、用人の的場佐平次が乱心し、狼藉(ろうぜき)を働いた上で落命したらしい。

的場は雪乃の生まれる前から監物に仕えている腹心――だった筈(はず)だ。果たして何があったものか。世話係の女中は余計な口を利くことを禁じられているらしく、何を問うても答えてはくれない。問うだけ無駄だから聞きもしなかった。だが、それ以降、確実に見張りは厳重になった。見回りの回数も増えたし、見張りの人数も増えている気がする。

的場が死んだこととどう関わるのかは想像も付かない。

雪乃の知らぬところで何かが起きているのだろう。

――本当に。

自分は何も知らないのだと、雪乃は思い知った。世の中のことも、家内のことも、父のことも、そして自分のことも。何も考えずに生きてきたのだと、そう思う。

雪乃は格子の隙間から壁の箱行燈(はこあんどう)を見た。

昼も夜も燈（とも）っている。明かりはそれしかない。

こんな陽も差さぬ処に閉じ込められているのだから着替える意味などない。それでも寝る時は夜着に着替える。着るものも蒲団（ふとん）も忠実（まめ）に取り換えてくれる。蒲団を敷くのも世話係が為（し）てくれていたのだけれど、自分で敷くと断った。世話係が牢の中に入っている間中、鬼のような顔をした番兵が二人、突っ立って見張っているのが我慢出来なかったからだ。

着替えて横になったものの、まるで眠れない。

既に何刻経ったのか判らない。

本当に外は夜なのか。

何も考えずに格子の隙間から弱弱しく瞬（またた）く燈（あかり）を眺めていると、目の前が刹那（せつな）赤くなり、ふさりと音がした。

何ごとかと目を凝らすと枕元に何かが落ちている。

微昏（うすぐら）い。畳の辺りは更に暗い。しかしそれが赤い花であることは容易に知れた。暗さの中に於（お）いて尚（なお）、それは毒毒しくも美しい深紅の主張をしていた。

雪乃は息を呑（の）んだ。その呑んだ息を吐（は）く前に。

「お静かに」

上方から小さな声が届いた。

見上げる。座敷牢の床は下がっている。そして天井は他の部屋よりも高い。

だから天井は遠く、一層に暗い。だから見上げたことなどなかった。

不思議な光景だった。天井にも格子が張り巡らされているのだ。その一部から光が漏れている。格子の上の天井板が一枚どかされているのだ。そして其処に――。

「あなたは」

「お静かに願います」

雪乃は声を立てずに、ただ目を凝らした。

実に奇妙な光景だった。上方の闇が四角く切り取られ、その薄明るい窓が、黒黒とした格子で仕切られている。格子越しの窓の向こうに。

「お顔を、お顔をお見せください」

そうすれば温順しく致しますと雪乃は言った。

光源が動く。多分手にした手燭で、それは自が顔を照らした。

遠く、昏く、能くは見えなかったが、それでも雪乃には判った。

雪乃は花を拾い上げ、翳した。

「あなた様ですね」

「そうです。我は、名を萩之介と申します。雪乃様でいらっしゃいますね」

雪乃は首肯いた。

「この刻限、入り口の外に不寝番の侍は控えておりますが、控えの間のお世話役は休んでおります。その鈴さえ鳴らさねば、暫しの間ならば平気に御座いましょう。尤も、気付かれてしまえば逃げ場は御座いませぬ。見付かったなら」

【二一二】

殺されますと、その人は言った。

「そうまでして——萩之介様は何故」

先(ま)ずは謝罪をさせてくださいと萩之介は言った。

「我(わたし)は雪乃様を謀(たばか)っておりました」

「謀るとは」

「我(わたし)はお葉です」

雪乃は両手で口を塞(ふさ)いだ。声を上げそうになったからだ。

「女に扮(ふん)し、上月家に入り込んでおりました」

「な——」

声を出してはなりませぬと萩之介は言った。

「何故(なにゆえ)にと仰せでなので御座いますね。それは、この上月家の内情を探るため。そして雪乃様のお人柄を見定めるため。雪乃様が護(まも)るにたるだけのお人か否かを知るために御座います」

「私は——」

「あなたは護るにたるだけのお方で御座いました。ですから姿を見せたのです」

「護るとは、何から護ろうというので御座いましょう」

「上月監物」

あなたのお父上からで御座いますと萩之介は言った。

「父から——」

「宜しいですか雪乃様。能くお聞きください。我の真の目途はこの上月家に対する復讐。上月監物のお命をば頂戴することに御座います」

「何と」

「声を上げられるならそれも結構。何であっても、我はあなたのお父上を殺しに来たことに変わりはないので御座います。さあ、如何なされます」

雪乃は静かに首を横に振った。

「我の話をお聞き願えましょうや」

ゆっくりと首肯く。

有り難う御座いますと萩之介は言った。

「奸賊上月監物は、憎き仇敵。しかしあなたは別です。我はお葉として暫くの間あなたと過ごし、あなたのお人柄に触れ、この人だけは何としても護らねばならぬと固く思うたので御座います。そこで彼れ此れと策を弄し、あなたを連れ出して真実を告げようとしたので御座いまするが、過日、或る人に悉くを見破られ、凡ては水泡に帰してしまいました。我がお葉であったことも見抜かれ、人であることも見透かされ、以降警戒は厳重になってしまった」

的場佐平次が殺された日のことですと萩之介は言った。

「殺された――」

「乱心とされておりますが、殺したのは監物でしょう。己の保身のためなら長年の腹心も殺める。それがあなたの父、上月監物です」

雪乃の顔から血の気が引いて行く。

萩之介は続けた。

「我は我の計略を見破った人に、これ以上の復讐を強く止められた。この屋敷に忍び込めば必ず殺されるからです。しかし我は復讐よりも先ず、どうしても」

あなたを護りたかったと萩之介は言った。

「このままではあなたは必ず不幸になる。だから我はご縁のある荼枳尼天のお社に詣でて禊をし、一命を捨てる覚悟で参ったのです。しかし警戒は厳しい。気付かれたなら――多分、我は逃げられません。必ず殺されるでしょう。しかし、それでも我は、雪乃様に何としてもお伝えしておきたいことがある。護れずとも、それだけは報せておきたい。ですから生きて戻れぬことを承知で推参致しました。どうでしょう、我の話を――聞いてくださいまするか」

「は――」

萩之介様と言いかけて、雪乃は言葉を止めた。

「この座敷牢は何とも厳重な造りになっています。忍び込むにも床下はない。前以て天井裏に忍び込む算段はしていたものの、此処に辿り着くまでに三日も掛かってしまいました。天井裏もこの座敷牢の上だけ狭くなっていて、今も身動きは出来ません。しかもこの格子です。迚も出入りすることなどは叶いませぬ。しかし雪乃様、雪乃様はこの牢の天井が何故にこれ程高くなっているのか、お解りでしょうか」

萩之介はそう問うた。勿論、答えられぬのを承知の問いである。

「それは偏（ひとえ）に、首を吊らせないようにするために御座います。刃物などは持ち込ませぬようにすることが出来ましょうけれど、帯なり腰紐（こしひも）なり、首を吊（つ）るためのものは必ずや身近にありましょう。しかしこれだけの高さがあれば、梯（はしご）でも掛けぬ限り天井には絶対に背が届かない。格子の目が細かいのも同じ理由なので御座いましょう。格子から腕が出せなければ紐なども通し難（にく）い。この牢は徹頭徹尾、中の者が死ぬことを阻むように造られている。では、何故にそのような造作にしたので御座いましょうか」

　死なれては困るからですと萩之介は言った。

「言い換えるならば、死にたくなるからに御座いましょう。雪乃様、心して聞かれよ。この牢に入れられていたのは、あなたの母御です。この堅牢な座敷牢はあなたの母御を閉じ込めていた処――いいえ、此処はあなたの母御を入れるために造られた牢なので御座います」

「は――母を」

「お信じになられたくないだろうことお察し致します。しかしこれは事実に御座います。あなたの母御、美冬様は、この座敷牢に、実に四年に亘（わた）って幽閉されていたので御座います」

「四年――」

「そうです。此処はただの牢では御座いませぬ。牢というのは、元より科人（とがにん）を入れておくためにあるものです。どれ程重い罪であっても、科人はやがて牢から出ることになりましょう。しかし、この座敷牢は違うのです。此処は、牢から一歩も出ずとも暮らして行けるように造られているのです。入れた者を一生外に出さぬために――」

「一生――」

「そうです。一生――です。宜しいですか。あなたの母御は上月監物の妻ではないのです。死して後、妻にされてしまっただけ。美冬という人は攫われて、この座敷牢に閉じ込められ、昼夜を問わず監物の慰み者にされていた、囚われ人だったので御座います」

「そんな――」

声を立ててはいけませぬと萩之介は言う。

「美冬様はさるお社の神職の娘でしたが、三十年ばかり前に武蔵野の外れにある旧家に嫁がれました。その頃、未だ旗本の次男坊であった監物は美冬様に横恋慕していた。どうしても諦め切れなかった監物は、仲間と旧家を襲い、たった四人で一族郎党を――皆殺しにした」

「は、母を奪うためにですか」

「それだけではなかったようです。その家には、先祖伝来の宝物があった。宝を奪い、美冬様を攫い、使用人から女子供まで、一人残らず凡てを殺め、火を放った。何もかも――」

凡て燃やし尽くしたのですと萩之介は言った。

「酷い――」

「ええ。まさに悪鬼羅刹の所業です。監物はその時手に入れた財宝でこの屋敷を建て、金をばら撒いて官職を買い、出世栄達を果たした。的場佐平次はその腹心となり、他の者は分け前を元手に商売を始めた。それが、辰巳屋棠蔵と近江屋源兵衛です」

「それは――」

「ええ。皆——死にました。しかし、我が手を下した訳ではありません。殺すつもりもなかった。己の犯した罪の重さを知らしめてやろうとしただけです。しかし三人とも、自が悪業に押し潰され、呆気なく自滅してしまいました。残るは監物ただ一人。他の三人は兎も角、我は監物だけは」

赦せないと萩之介は言った。

「攫われた美冬様は、此処に幽閉され、泣き、苦しみ、耐えて四年を暮らしたのです。家族の凡てを殺されて、死ぬことも許されずに。聞けば舌を咬まれてはいけないと、暫くは猿轡を咬まされ、手足も縛られていたそうです。そして」

十八年前のこと。

「余りといえば余りの処遇、見るに見兼ねた世話役の女が、夜陰に紛れてその錠前を開け、美冬様を逃がしたのです。ところがその時、美冬様は身籠もっていた。追手を撒き、隠れ潜んで逃げ延び、やがて月が満ちて、母御はこっそりと子を産んだ。それが雪乃様、あなたです。そして」

我ですと萩之介は言った。

「い」

今何と仰いましたと、雪乃は声を上げてしまった。

「そう。美冬様が産んだ子は双子だったのです」

「では——あなたは」

「はい。我はあなたの」

兄ですと萩之介は言った。

「そんな——」

「逃亡中に我とあなたは生まれた。我は元気だったが、あなたは弱っていたそうです。追手から逃れ乍ら二人を育てるのは難しかった。だから母は我を人に預け、あなたは元気になるまで手許に置いて面倒をみていたのです。しかし、的場に見付かってしまった。母を逃がした世話係の女中は、その場で的場が斬ったそうです。母はあなたを護るため、駆け付けた監物に刃向かったという。そして」

「もしや、母は」

「監物が斬った」

雪乃は——絶句した。

「監物があなたの命を助けたのは、あなたが自分の子だからなのか、それとも何か企みがあったからなのか、それは判りません。一方、我のことを監物は知らない。我を預かった人物は自分に累が及ぶのを怖れて、我を放下師に売り飛ばした。我は、十になるまで軽業を仕込まれて育ったのです。その後、我は男娼として再度売られた。その我を身請けしてくれたのが茶枳尼天社の宮守——母の祖父でした。我と」

あなたの曽祖父ですと萩之介は言った。

「残念乍ら曽祖父は一昨年亡くなりました。そして我は死の間際の曽祖父から」

凡てを聞かされた。

「曾祖父は母の死に疑問を抱き、こつこつと調べていたのです。母は、嫁いで数年後の火事で焼け死んだものと思われていたのです。しかし母に言い寄っていた監物の亡くなった妻女の名も、何故か美冬という。墓まであるのです。あなたを育てるに当たって、武家の体面を保つために、監物は妻として母を葬ったのでしょう」

「そうなのですね。では――あの墓は」

「彼処（あそこ）は――我（わたし）の母の墓でもあるのです。悪事千里を走ると謂（い）う。天網恢恢疎（てんもうかいかいそ）にして漏らさずとも謂う。悪行はどれだけ覆い隠したとしても、隠し切れるものではありません。そんな覆いは必ず綻びるもの。曾祖父は我（わたし）を放下師に売った人物を探り当てて、事情を聞き出したのだそうです。その後、母の逃亡を助けた世話係の血縁者や、滅ぼされた嫁ぎ先の縁者などから話を聞き集め、そして真相を知るに到った。しかし、相手は今や作事奉行です。どうすることも出来ぬ、無念だと言って、曾祖父は逝った。ですから我（わたし）は」

「ああ」

雪乃は姿勢を崩した。

悲しみではない、辛（つら）さでもない、怒りでも悔しさでもない、喩（たと）えようのない痛みのようなものが胸に満ちたからである。

あなたに聞かせるには忍びない、辛い話でしたでしょうかと萩之介は言った。

「しかし上月監物は我（わたし）の父でもあるのです。しかし」

赦すことは出来ないと萩之介は言った。

「萩之介様。いいえ、兄様とお呼び致します。兄様は」

これからどうされるのですと雪乃は問うた。

「父を討つおつもりですか」

「そのつもりです。この後、このまま――」

「兄様には」

生きて欲しいと雪乃は言った。

「思えば、お葉にあれ程気を許せたのも、萩之介様に恋焦がれましたのも、面差しが己に似ていたからなのでしょうか。いいえ――私も、兄様のお人柄を好ましく思ったのです。血筋の所為とは思いたくない。そんなものを拠り所とするのならば、私も兄様も、上月監物の血を引いていることになってしまいますもの」

「それは――」

「兄様。お話を聞いてしまった以上、父監物は私にとっても母の仇敵。この上は、兄妹力を合わせて仇を討ちましょう。機会は未だありましょう。ここは一旦、お逃げください」

「しかし雪乃様」

「妹です。雪乃と呼んでください」

「雪乃。我はもう逃げられはしない。何とか潜り込んだけれど、いつまでも屋根裏に潜んではおられぬ。ならばこのまま、差し違えてでも」

「私が時を稼ぎまする。兄様はこの場を離れてくだされ。その後に騒げば人が来ましょう。萩之介が来たと言えば、監物も来ることでしょう。その隙に」

「雪乃」

「必ず、必ず母の無念は晴らします。既に雪乃は兄様のお味方です。策を練り、必ずや監物を討ち果たしましょう。さあ、早く」

「雪乃」

萩之介は有り難うと言った。天井の明かりは消えた。

雪乃は時を数える。萩之介が出来るだけこの部屋から離れて後に、人を呼ばねば意味はないからだ。息を潜め、十分に待って、そして雪乃は立ち上がった。

文机（ふづくえ）の上の鈴を思い切り鳴らした。

「誰（たれ）か、誰かある。助けて、助けておくれ」

透かさず扉が開き、不寝番が中を覗（のぞ）き込んだ。

「如何（いかが）なされましたかお嬢様。何ごとです」

「曲者（くせもの）じゃ。曲者じゃ。お前は何者じゃ」

これで――人が集まる。

監物も来るだろう。

あの男は――。

「お嬢様――」

【二二二】

「曲者はいずこに」

「牢の中じゃ。突然に——現れたのじゃ」

雪乃は大声で出鱈目（でたらめ）を言った。賊は此処に居るのだと知らしめ、一人でも多くの侍を集めなければならないからだ。集めたとしても足止め出来しなければ意味はない。しかも——少しでも長く。だが、入り口から覗いただけで誰も居ないことは直（す）ぐに知れてしまう。だから——。

「み、見えぬのですか。この牢の中に居（お）るではありませぬか」

数名の侍が躍り込んで来て格子の中を覗く。人が増えれば箱行燈が覆われ、光量はより少なくなる。そうなれば格子の裡（なか）はほぼ、闇である。

「早く来ておくれ。此処を開けておくれ」

「雪乃様、賊は、曲者はいずこに」

「こ、此処に立っているではないですか」

「何と。しかし、どうやって中に——」

「此奴は——人ではないッ」

どうしたのだ何ごとだという——。

父の声だ。

牢の中に賊が居るらしいのですがと侍が言う。

「莫迦な。この牢に入れる訳がないではないか。真逆（まさか）、開けたのか」

「真逆、そのようなことは」

「それではいったい何処から――」

「父上、お助けくだされ。魔物が参りました――」

雪乃は畳の上の花を拾い上げ、格子に取り付いて大声で言った。

「お助けくだされ。父上。魔物です。は――」

――萩之介と申しております。

「萩之介――真実(まこと)、萩之介かッ。ど――何処に居(お)る」

萩之介と申しておるのかと監物は怒鳴った。

それならば――。

来たのかと監物は思った。雪乃は萩之介という名を知らない筈なのである。

ならば――正しく魔物だ。だが萩之介は人なのだ。あの中禅寺という男の目筋(めすじ)は正しい。監物の秘密にまで到(いた)らんとする程の眼力である。間違いはなかろう。ならば、萩之介は亡魂精魅の類(たぐ)いではないのだ。どうやって侵入したのかは判らぬものの、人なのだ。人ならば――。

殺せる。

監物は抜刀した。廊下に集まった侍共に怒鳴り付ける。

「退け。余が成敗してくれる」

「殿、しかし」

「いいから其処を退け」

監物は座敷牢のある部屋に踏み込んだ。

暗い。

「お前達は出よ。明かりを持て」

「父上――」

雪乃は格子に取り付いた。監物を少しでも長く引き止めておかねばならない。幾ら暗いとはいえ、照らせば知れてしまう。僅(わず)かでも裡が見えぬようにしなければと思ったのだ。

そして。

抜き身を提げ、手燭を翳して入って来た上月監物は。

格子の隙間に、深紅の曼珠沙華を見た。

有無を言わさず監物の大刀は。

彼岸花。

死人花。

幽霊花。

地獄花。

「死ねっ。萩之介ッ」

監物は大刀を格子に突き立てた。

「何の恨みかは知らぬがな、お前如きにこの上月監物は」

力一杯大刀を差し込む。

「お――」

格子の隙間から眼を見開いた美しい顔が覗いている。

この顔は。

美冬か。

お葉か。

萩之介か。

いいや。この顔は——。

「お、父上——」

「ゆ、ゆきの——か」

刀を引き抜くと、沢山の曼珠沙華が飛び散った。

違う。これは雪乃の血潮だ。

「ああ。ゆ、雪乃。雪乃なのか」

監物はそして、手燭に照らされ格子の影に切り刻まれて、崩れ落ちる娘の顔を見た。

「雪乃ッ」

手にした大刀から血が滴って、落ちた。監物は血刀を取り落とし、その場に腰を落とした。

妻と同じ顔をした娘が、眼を見開き、口を開けて横倒しになっていた。

ああ——。

美冬と同じ死に顔だ。

顔の横には曼珠沙華が落ちていた。

萩之介は――。

監物が顔を上げるのと同時に、殿様、如何致されたという声が届く。

廊下が騒がしくなる。

そして――。

「殿、曲者はこちらで御座いまするッ」

「何ッ――」

本当に魔物なのか。

雪乃――と、叫ぶ声がした。

大勢の侍を蹴散らすようにして――若衆姿の男が現れた。

「雪乃、雪乃をどうしたッ」

監物は答えず、格子の向こうに視軸を投じた。

萩之介の顔が凍り付いたが如くに硬直する。

「おのれ――何をした。そ、それは――」

監物は横に落ちている刀を摑み、翳した。

「貴様がやったのか」

監物は無言で立ち上がった。

「貴様、雪乃を殺したのか。何ということを――貴様、母を殺したように――」

監物は雪乃の骸に背を向け、無言で萩之介の方に向き直った。

「お――おのれ監物、貴様は自が娘を手に掛けたのかっ。貴様はそれでも人か」

「お前が――萩之介か」

「そうだ。信田美冬が一子、今お前がその手で殺した雪乃の双子の兄――萩之介だ」

「何だと――」

「貴様の子だよ」

「お前は何を言っているのだ」

監物は既に考えることをしていない。

萩之介の言葉はひとつも理解されていない、

「上月監物。母美冬の、信田一族の、そして妹雪乃の怨敵、覚悟しろっ」

萩之介は懐中に忍ばせた匕首を抜いた。

監物の混乱は頂点に達していた。

「こ。殺せ。その男を殺せ。殺してしまえ」

侍達は一斉に萩之介に斬り掛かった。萩之介は監物に斬り付けるべく踏み出したが、狭い廊下は抜刀した侍で犇めき合っており、思うようには動けなかった。応戦し乍ら萩之介は廊下をどんどんと追い遣られて行く。一方監物は部屋を出て、乱闘の場を追うように進んだ。萩之介は白刃を躱して監物に向かおうとしたが、多勢に無勢、萩之介は監物に近付くことさえ叶わずにどんどんと押し遣られた。

「おのれ監物。自が悪業を認めよ。潔く我が刃に掛かれッ」

黙れと言う声。殿をお護りせよという声。

萩之介は身軽に身を躱す。しかし侍の数は多い。

左腕を斬られ、右肩を裂かれ、到頭萩之介は得物の匕首を叩き落とされてしまった。

「観念しろッ」

突き出された刺股を奪い取り、二三人を叩きのめして、萩之介はさらに後退した。

背後は既に玄関である。

突き掛かる刃を避け、斬り付ける刃を潜り、萩之介は表に転がり出た。

監物が人垣を割って出て来た。

「け、監物ッ」

監物は大刀を振り上げる。

その顔から表情は消えている。

「死ね」

雪乃の血を吸った凶刃が振り下ろされた。

刺股は真っ二つになった。萩之介は、袈裟懸けに斬り裂かれた。

「け、監物」

監物は無言でその胴を横に薙ぎ払う。

「む――無念」

萩之介は体を返し跳んだ。しかしそこに監物はもう一太刀を浴びせた。

萩之介は血を振り撒きつつ跳んで塀に乗り、その向こうに消えた。

「殿ッ」

監物は手で制す。

「追わずとも良い。あの傷では助からぬ。遠くにも行けぬ」

「それでは町奉行所に」

「報せずとも良い。夜が明けたなら骸を捜せ。骸は——うち捨てよ。それよりも——」

雪乃——という言葉が出て来ない。

監物は未だ何があったのか、状況を呑み込めていない。否、認めたくないのだ。

「もう良い。もう良いのだ、魔物は斬った」

監物は刀を鞘に納めることもせず、脱力して屋内に消えた。

侍どももそれに従った。

雲間から太陰が覗き、皓皓と夜を照らした。

上月の屋敷の外——。

叢に襤褸屑のようになった萩之介が仰向けに倒れている。

萩之介は半端に欠けた夜天の円い光を眺めている。

その血に塗れた白い顔に、月光ではない光が当てられた。

月よりも大きなその明かりには、五芒星の紋所が浮かんでいる。

「萩之介」

それは、漆黒の装束に身を固めた、中禪寺洲齋であった。

中禪寺は提燈を置き、萩之介を抱き起こした。

「萩之介。萩之介よ」

萩之介は眼を開けた。

「あなたか。我は――失敗ってしもうた。あなたの忠告を聞いていれば良かったのです。結局監物は討てず、死なずとも良い雪乃を――殺すことになってしまいました」

「雪乃様が――亡くなられたのか」

監物が殺したのですと萩之介は途切れ途切れに言った。

「何ということを――」

「討ち損じても死ぬのは自分だけと思うておりましたが」

「私はお前も死なせたくはなかったのだ。萩之介よ。復讐は愚かなことなのだ。罪は裁かれねばならぬが、そのために命の遣り取りをすることなどはないのだ。罪を償わせるにしても遣り方は幾らでもあるではないか。何という――」

早まったことをと言い、中禪寺は頭を垂れ、萩之介の額に自が額を付けた。

「もう少し、もう少し早くお前と出会えていたなら」

萩之介は笑った。

「そうなのかもしれませぬ。何故でしょう。あなたに掻き抱かれていると、何故か安らかな気持ちになりまする」

「それはな、萩之介」

私も狐だからだと中禪寺は言った。

「どういう――ことでしょう」

「お前はあの尸林の社で、己は狐なのだと言ったではないか」

「それが――」

「お前は知らぬだろう。私もずっと知らなかったのだ。お前達のことを調べて、そして初めて知ったのだ。能く聞け萩之介。お前の母、美冬は、館が襲われる直前に赤児を産んでおる」

「な、何と仰せか」

「上月監物が美冬の嫁ぎ先を襲ったその時、その子は未だ生まれたばかり。館が襲われたその時に、美冬はいち早く危機を察し、その子を下男に託して――逃がしたのだ」

「そ、それは――」

「その子は生きている。生き延びて」

お前の目の前に居ると中禪寺は言った。

「な、何と仰せになりました」

「私は」

お前の兄なのだと中禪寺は言った。

「そんな――」

萩之介は手を伸ばす。

その震える指先を中禪寺は握った。

「私は信田一族の生き残りだ」

「本当で御座いまするか」

「中禪寺というのは私を育ててくれた武蔵晴明神社の宮守の姓だ。私は、私が守る社の鳥居の下に捨てられていたのだよ」

捨て子なのだと中禪寺は言った。

「其処に捨てたのが母の意思であったのか、それとも偶々だったのかは判らない。私を連れて逃げた下男が、出自が知れてしまえば私の命が危ないと思って捨てたのかもしれないし、自分の命を護るために早早に手放して逃げたのかもしれない。ただ——捨てられていた私の傍にはおそらく母の手になる文が添えられていたのだ——」

中禪寺は顔を上げ、月を仰いだ。

恋しくは尋ね来て見よ和泉なる信太の森のうらみ葛の葉——。

「そう——記してあったという。これは、阿倍晴明公の母であると伝えられる狐——葛の葉が残した歌だ。その歌が記されていたから、だから下男は私を晴明公縁の社に捨てたのかもしれぬ。そうでないのかもしれぬ。私を育てた父が私の出自を知っていたのか、何も知らなかったのかも、父が亡くなってしまった今となっては識りようがない。茶枳尼天社の宮守である母の父——祖父から何かを聞いていたとも思えない。しかし、父は捨て子の出自を調べてみようとはしたのだ。しかし、識っても無駄なことと思ったか、途中で止めたのだ」

血縁や先祖など、どうでも良いことだからだと中禪寺は言う。

「ただ調べ書きは残っていた。そして私はそれを元に調べ、信田の家のことを識り、お前の真意も悟ったのだ。私は」

葛の葉の子だ。

「ならば私も狐なのだ。いいか萩之介。この花は――」

中禪寺は萩之介を掻き抱き、その衣装の花を示す。血に染まって既に花の模様は見えない。

「この曼珠沙華という花は、花が咲く時に葉はないのだ。花が堕ちて後に葉が繁る。葉は花を花は葉を知らぬ、そうした花なのだ。美しいが、不吉な花だ。そして毒もある」

「あ――あにうえ」

「もう何も言うな萩之介」

「我はこの花が群れ咲く尸林の社で多くの時を過ごした、死人花、彼岸花、墓花、幽霊花、地獄花――我に相応しい花と思うておりました。しかし葉も――見ずに落ちる我が、落ちる前に妹と、そして兄上に逢えたのですから、もう」

「萩之介」

萩之介は事切れた。

「この花は私でもあるのだ。この花は」

捨子花ともいうのだよと、中禪寺は言った。

【二三四】

狐花

葬式の装束に身を包んだ上月監物は、雪乃の法要を済ませて屋敷に戻った。

屋敷に人気はない。用人も使用人も、今日は誰も彼も帰してしまった。

閑寂としている。

昏い座敷に入り、障子を開ける。どうやら中秋の名月である。

座敷は半端に明るくなった。月見をするような気分ではないが、月の見える場所に座って監物は暫し放心した。否、放心とは少し違っていた。悲しいとか、淋しいとか、そうした人らしい感情はない。怒りや憤りのようなものはある。多分にある。但し、対象は不明確である。

敵が居ない。

だから次に打つ手がない。

いや、打つ必要もないのだ。そうなると、これからすることが何も思い付かない。

どうしても何かを手に入れたい。手に入れたものは決して手放したくない。そのために誰かを陥れる。倒す。打ちのめす。殺す。そのためならば何でもする。

上月監物というのはそうした男である。

でも。

今は、何も欲しくない。そして失うものがない。

だから監物はただ座って月を見上げている。監物を突き動かす欲動がないのだ。

円い、大きな天体が翳(かげ)った。雲が差したのか。

その時監物は背中に異様な気配を感じた。

——何か。

否、誰か居る。

監物は振り返った。

そこには漆黒の影が立っていた。

「な、何者かッ」

影は一歩踏み出した。

「いつから其処(そこ)に——」

ずっと——と影は言った。

「此処(ここ)でお待ちしておりました」

「ま、待っただと。貴様、留守宅に勝手に上がり込んでおったというのか。此処を作事奉行上月監物が屋敷と知っての狼藉(ろうぜき)か。貴様、只(ただ)ではおかぬぞ——」

「お悔やみを申し上げに参りました」

「な——何を言うか」

監物は刀を手に取った。

しかし影は物怖じするでもなく、更に一歩前に出た。

途切れた雲間から陰光が差し込む。冷たい光に浮かび上がったそれはそれでも尚、漆黒のまだった。影は――狐の面を被っていた。

狐は、影は右手に持った花をすっと差し出した。

――萩之介。いや、違う。

「貴様は誰だ。それは何の真似か」

「死んで行った者どもにこの花を手向けようと罷り越しました」

「悪巫山戯もいい加減にしろッ。お、お前は――」

「狐――です」

黙れと言って監物は刀の柄に手を掛けた。

黒羽二重に黒手甲。黒袴に黒足袋。黒い羽織には晴明桔梗の紋が染め抜かれている。

黒装束の男は面を静かに外した。

「貴様、中禪寺か――」

「憑き物落としの拝み屋ですよ」

「そんなものに用はない。何しに来た。何の用だ」

「ですからお悔やみに参ったのです」

「か、揶うのもいい加減にせぬと、本当に斬るぞ」

監物は怒鳴って、鯉口（こいぐち）を切った。

黒衣の男はゆっくりと近付いて来る。

「雪乃様のお弔いは無事にお済みになったのですね」

「貴様には関係のないことだ」

「そうでもないのですよ。この世には――不思議なことなどない。しかし、偶然というものは時に不思議としか思えぬような縁（えにし）を示してくれるものです」

「どういうことだ」

「貴方（あなた）が殺した雪乃様は――」

「余が殺したのではないッ。あれは」

「萩之介の仕業――ですか」

「そうだ。あの狂人めが、雪乃を殺して」

「逐電したことになっているようですね」

「そうだ。あの男は」

骸（むくろ）は何処を探してもなかったのだ。

「この家に忍び込み、娘を殺し、捕手（とりて）を切り抜けて遁（に）げたのだ」

「あなたが殺したのでしょう。ご安心ください。萩之介は死んでいます。私が弔いました」

「何だと」

ですから縁があるのですよと中禪寺は言った。

「上月様。どうやら私は、信田一族の生き残りらしい」

監物は刀から手を放した。

「う、嘘じゃ」

「嘘ではありませんよ。私はあなたが拉致し、監禁し、弄んだ上に殺した——美冬の子だったようです」

「いや——そんな筈はない。あの」

「皆殺し——ですか。使用人の家族まで殺してしまったようですからね。念の入ったことですが、私はあなたがたが押し入った時、既に屋敷の外に逃がされていたのです」

「真逆——そんなことが」

私も驚いていますと中禪寺は言った。

「お前が美冬の子だと——」

「そうです。つまり、萩之介は我が弟。雪乃様は妹ということになる。縁がないとは言えないでしょう」

「そんな——莫迦なことが」

「あるのですよ。どんなに奇異であろうとも、どれだけ希有であろうとも、起き得ることは起きましょう。起きてしまった以上は不思議でも何でもない。私がこの家に喚ばれたことも、また縁に御座いましょう。良いですか上月様。縁があって何かが起きるのではない。起きたことが——縁になるのです」

　ですから私は今日、此処に来たと中禪寺は言った。

「あなたは信田の一族郎党を皆殺しにして、ご丁寧に火まで放った。何もかもが燃えてしまった。あの一族は歴史ごとこの世から消えてしまったのです。ですから詳らかに識ることは出来ないのですが、信田の家は、古くより人を詛うことを生業として来た一族だったようです。矢張り外法を司る荼枳尼天の宮守の娘だった美冬を嫁にとったのも、その所為であったのかもしれません」

　中禪寺は語り乍ら監物を中心に置いてゆっくりと移動する。

　監物は中禪寺が行く方向に体を向ける。

「祈るだけで人が殺せる道理はない。しかし人を不幸にすることは出来ます。呪詛とはそうしたもの。摩訶不思議なものではない。信田の家は何百年も前からそうしたことを家業として来たのです。これは、決して表沙汰には出来ぬ仕事。凡ては秘されて来た。記録も残らない。ですから、余計に探るのは難しい。勿論、依頼主も絶対に口外はしません。当然——呪詛の代金は安いものではなかった」

「だ、だから何だ」

　富貴だったということですよと中禪寺は言った。

「あなたは美冬に懸想し、どうしても手に入れたいと画策された。しかし、他の三人は、何故あなたに手を貸したのか。女一人攫うのに何故皆殺しにし、火付けまでしなければならなかったのか」

「何だというのだ」

「一万五千両――」

「何だそれはッ」

「丁度二十四年前、既に流通していない古い小判や金塊などを金に替えた者が居るのです。一軒では賄い切れなかったものか、同じ時期に何軒もの店で。私が調べただけで総額は一万五千両になる。それだけではない。あなた達は黄金の仏像――のようなものを鋳潰しましたね。それが幾価になったのかは判りませんが、鋳潰すのを手伝った男は未だ生きていましたよ」

「そ、そんなものは」

「ええ。それが何かの証になる訳ではありません。しかし、そうだと仮定するなら、他の三人が手を貸した理由も、皆殺しにした理由も焼き払った理由も――判る。聞く限り信田の屋敷はかなり広かったようですが、一方で蔵などはなかった。太古より長きに亘って貢がれて来た呪詛の代償が何処に隠されていたのかは、判らなかったのでしょう。元元秘されているものですからね。尋いて答えるものでもない。全員を殺さなければ家捜しが出来なかったのではないのですか。殺してしまった以上は――」

「もう良い」

監物は静かに言った。

「その通りだ。棠蔵と源兵衛は慾に目が眩んだだけだ。彼処まで人は浅ましく、そして残忍になれるものかと――余も呆れた程だわ」

「信田に財があるということはどうやって識ったのです」

「ふん。お前もたった数日で探り出したのであろう。どれだけ隠しても何処かに綻びはあるものよ。何、種を明かせば何のことはない。余は識っておったのよ。余の父——上月の先代が」

呪詛を依頼しておったのだと監物は言った。

「出世の邪魔になる者を殺してくれと頼んだのだそうだ。先代は千両出したと言った。その頃上月の家は上り調子であったからな。商人（あきんど）でも騙（だま）して借り受けたのであろうよ。詛いは効いたそうでな。父は余と同じ、作事奉行になった。だがな、中禪寺。世に、人を詛わば穴二つ掘れと申すであろう」

「はい」

「あれは本当だ。親爺（おやじ）殿は奉行職に就いて半年もせぬうちに倒れた材木の下敷きになり、歩けなくなった。結局、直（す）ぐにお役御免となり、後は無役だ。上月の家は没落した。だからな、親爺殿は——信田の一族を逆恨みしておったのかもしれぬ。口は軽かった。ただ、だから決して人など詛うものではないと言うておったがな」

莫迦な男だと監物は吐き捨てるように言った。

「余は——美冬が欲しかった。どうしても欲しかった。だから美冬の嫁ぎ先を、美冬の夫を詛い殺してやろうとしたのよ。呪詛が帰って来ようとも、それで命を失おうとも構わぬと思うたのだ。しかし蓋（ふた）を開けてみれば——詛いを依頼しようとした先が、詛う相手であったのだ」

監物は笑った。

「こんな莫迦莫迦しいことがあるか」

「それで――」

「そうだ。どれだけの数の詛いを引き受けておるのかは識らぬが、一件千両としても、少なくともそれなりの金は持っておるだろう。だから――必ず金はある。そう持ち掛けたなら、源兵衛も棠蔵も直ぐに乗ったわ。あれはな、押し込みではないぞ中禪寺」

「では何だと」

「そんな生易しいものではないということよ。出入り口を塞ぎ、男どもは余と佐平次が斬り殺した。女子供は捕らえて、金の在り処を尋いた。まあ白状するものではないわ。探すのに三日三晩掛かったわ。その間、棠蔵は女どもを犯し、犯しては殺した。そうやって怖がらせれば言うかとでも思うたのであろうがな。見付けた時には」

　皆死んでおったわ。

「運び出すのにも二日は掛かった。あの慾集り等、人を頼めば銭が掛かる、秘密が漏れるとほざいてな。二人で運び出したのよ。近くの廃屋に運び入れ、それは人足を雇って府内に運び込んだようだがな。余は――」

　美冬さえ居れば良かったのだと監物は言った。

「金など要らぬ。全部呉れてやると、そのくらいのつもりであったのだがな、千両二千両なら兎も角、お前の読んだ通り、二万両にならんとする額であったからな。そうなるとあんな莫迦どもに呉れてやる訳にもいかぬさ」

「大金を目にしてあなたにも慾が出た——とも思えませぬが」

「慾か。美冬を手に入れてしまった以上、もう欲しいものなどない。だが、莫迦に無駄遣いをさせるのも面白くはない。だから余は、金が欲しかったのではない。金を生み出す仕組みが作りたかったのだ」

「仕組み——で御座いますか」

「そうだ。金はな、貯めるものではない。遣うものだ。だが金は、遣えばなくなる。しかし金を遣って金を生む仕組みを作れば、なくなることはない」

「それは道理でしょうが——」

お前には解るまいと監物は笑った。

「真っ当な仕組みではないと言いたいのであろう。その通りだ。余は、不正が罷り通る仕組みを作ったのだ。罷り通ってしまえば不正は不正ではないのだ中禪寺。そのために余は金で官職を買った。棠蔵と源兵衛には三千両ずつ与えて商売を始めさせた。何、金さえあれば簡単なことであった」

それだけではありませんねと中禪寺は言った。

「あなたは、先ず上月の家を嗣ぐために嫡子である兄君を殺した。違いますか」

「違わぬ。殺した」

「あなたは部屋住みの次男でしたからね。そして父君も——殺しましたね」

役に立たぬ男であったからなと監物は言って退けた。

「拝み屋よ。余はな、学んだのだ」

「何をお学びになりましたか」

「人を恨んだり、嫉(ねた)んだりすることは愚かなことだ。況(まし)てや詛ったりするのもな。父上は邪魔者に詛いを掛けて、それで墓穴を掘ったのだ。莫迦莫迦しい。そんな回り諄(くど)いことをせずともな、邪魔なら」

殺せばいいのだ。

「そうすれば恨むこともない。嫉むこともない。詛いのように我と我が身に返って来ることもないではないか。死人には何も出来ぬぞ。余はあれだけの者を殺した。訳も判らず殺された信田の者は、さぞや悔しかったことであろう。恨んだであろう。だが、どうだ」

余はぴんぴんしておるわと監物は言う。

「世に祟(たた)りがあるのなら、余は疾(と)うに祟り殺されておるであろう。何もない。なかった。お前の言った通りだ。幽霊は見る者の中に湧くのだ。余にはな、悔いもない。疚(やま)しさもない。罪だとも思っておらぬ。だから」

祟られることもない。

「だから萩之介が現れた時は驚いたのだ。それが何者かは判らなんだが、あれが幽霊であるというのならば、この世に幽霊が居るということになる。ならばこの二十数年の間、余が祟られなかった理由が解らぬ。だからな、お前があれが人だと、幽霊など居ないと喝破してくれたので——腑(ふ)に落ちたわ」

中禪寺は眼を細め、悲しそうな顔になった。

「私は幽霊が居ないなどとは申しておりませぬぞ、上月様。それを見る者にとって、幽霊は居るのです」

「余は見ない。見えぬものは——ない。そして、あるものは壊せる。生きている者なら——殺せる、違うか」

「違いませぬ」

中禪寺は座敷を半周し、庭を背にして立った。

円い、大きな月を背に、影絵のようになった黒衣の男は立った。

「なる程あなたは怖い人だ。的場様はそんなあなたが恐ろしかったのでしょうね」

「佐平次が。余を怖れていただと」

「私にはそう見えましたが」

「戯けたことを。あれはただの用人ではない。余の片腕だ。ずっと、何でも一緒に——」

「片腕ではなく、片腕だった、でしょう」

あなたが殺したのですと中禪寺は言った。

「邪魔になりましたか」

「ああ。あれは——お前に秘密を告げると言い張って聞かなんだのだ。だから」

「的場様はもう、限界だったので御座いますよ」

「限界とは」

「兄であるあなたに付いて行くのが――です」

監物は途端に不機嫌な顔になった。

「的場佐平次様は上月家の三男、あなたの弟ですね。信田家の惨劇の後、的場家に養子に入られている」

「そうだ。余は上月の家を嗣いだ。あれは養子に入って的場の家を継いだのだ。金は、分けなかった。遣いたい方が遣う分だけ遣うと決めた。条件は同じだ。余は、いずれが先に出世するかを競うつもりであったのだがな。あれは早早に諦めて、余に仕える路を選んだのだ」

「父を殺し兄を殺したあなたが怖かったからではないのですか」

「莫迦な。あれも大勢殺して来たのだぞ」

「ええ。慥かにその通りでしょう。しかし、それは、あなたが怖かったから従っていただけではないのですか。あなたの機嫌を損ねないために殺していた。違いますか」

そんなことは知らぬと監物は言った。

「あれが何をどう思っていようと余には関わりなきことだ。邪魔だと思えば殺す。それだけのことだ。恨む者が居たらそれも殺す。それが何より禍根を残さぬ始末の仕方だ。一族皆殺しに致せば恨む者も出ぬ。しかし――」

監物は中禪寺をねっとりと睨め付けた。

「真逆、信田の者の生き残りが居ろうとはな」

監物はそう言うと、大刀を中禪寺に向け差し出した。

「お前が本当に美冬の子であるというのなら、余は母の仇敵(きゅうてき)ということになるな。どうだ。殺すか。憎いなら殺せ。恨むなら――殺してみよ」

監物は中禪寺に近付き、更に刀を突き出した。

「取れ。抜け。構わぬぞ」

お前に人が斬れるなら――だがなと監物は言う。

「どうした。怖じ気付いたか中禪寺。どれだけ弁が立とうが、それだけのものか。人を屠(ほふ)る度胸はないのか。しかしお前は、そのために此処に来たのではないのか。母親の無念を晴らすべく参ったのであろうが。ならば斬れ。斬ってみよ。見事本懐遂げてみよっ」

黒装束の男は、冷ややかに監物を見ている。

「斬れぬか。そうか。尤(もっと)も――作事奉行の屋敷に忍び込み、剰(あまつさ)え斬ったとあらば、ただで済む筈もないがな。殺せずとも斬り付けただけでお前は死罪だ。だがな、拝み屋よ。余は、誰を何人殺(あや)めようとも、何のお咎(とが)めもない、そうであろう。そういうことだ中禪寺よ」

「どういうことで御座いましょう」

「世の中というのはな、そういう仕組みになっておるのだ中禪寺。余はな、武士なのだ。しかも旗本だ。そして作事奉行だ。お前達町人とは違う。その上、余には金がある。だから、何でも出来るのだ。お前なんぞに何が出来よう。憑き物落としだと。笑わせるわ。お前がなんであれ、親の恨み一つ晴らせはせんのだ。あの萩之介を見よ。何が為(し)たかったのかは知らぬが、何も出来ぬままに野垂れ死んだではないか」

「野垂れ死んだのではなく、あなたが斬り殺したのですよ」

月を背負った黒衣の男は、手に持っていた狐面を監物に向けて翳した。

「それに上月様。私はあなたを恨んではいない」

「何だと」

「慥かにあなたは私の母を攫い、獄に繋ぎ、嬲り弄び、そして殺した。酷い。母美冬はあなたを憎んだでしょう。恨んだでしょう。一族郎党を殺された揚げ句、産んだ子を次次に手放さねばならなかった己の生を——呪ったかもしれません。その気持ちを思うと胸が張り裂けそうにもなる。あなたは正に、美冬という人から凡てを奪い、その生を蹂躙したのです。あなたの為たことは決して赦されるべきではないでしょう。でも」

裁くのは私ではありませんと中禪寺は言った。

「裁くのはご定法であるべきでしょう。しかし、あなたの言の葉の通りであるならば、上月監物は法で裁かれることは——ない」

「そうだ。辰巳屋も近江屋も死んだ今、不正を暴くことも出来まい。いずれも死んだだけではなく、店がなくなってしまったからな。都合の良いことよ、仮令何かが発覚したとしても、佐平次が被ってくれるだろう。あれは死んだ後も便利使いの出来る男よ」

監物は拝み屋越しの月輪を仰ぎ見て、大いに笑った。

「中禪寺よ。恨みを晴らしに来たのでないと申すなら、お前は何を為に来たのだ。何を為に来たにしろ、お前の負けだ。そうではないか」

刀の鐺を向ける。

黒衣の男は何も動じない。

「あなたと勝負するつもりはありませんし、勝ち負けの問題でもありませんよ」

「負け惜しみか陰陽師」

「いいえ。勝ち負けでいうなら、負けたのはあなたではありませぬか」

中禪寺は狐面を示した。

「ほざけ。何故余が負けじゃ」

「あなた」

愉しいですかと中禪寺は問うた。

「何。何を言うておる」

「愉しいのかと尋いています。あなたは簡単に人を殺す。人を殺して嬉しいのですか」

監物は——返答することが出来なかった。

「仰せの通り。邪魔な者を消してしまいたいのなら殺してしまうのが何より良いので御座いましょうね。そうであっても——そうやって障害を排除して、何かを成し遂げたとして、それであなたは楽しいのでしょうか。慥かに、世の中には様様な人が居ります。あなたのような人も居る。それは已むを得ません。本来であれば罪は償うべきなのでしょう。でもそれを免れるだけの立場を築かれたと仰せなのなら、それもまた致し方なきことかと存じます。そうだとしても、それであなたは」

満足なのでしょうかと中禪寺は問うた。

「満足――だと」

「ええ。私にはあなたがどうしても楽しそうに生きているようは見えないのです、上月様。兄を殺し父を殺し、大きな犠牲を払って略奪した女までをもあなたは殺した。弟を殺し、娘まで殺し、遂には息子を殺したのですよ。上月様。あなたは、結果として血縁者――世間では家族と呼ばれるだろう者を、悉くその手で殺しています」

「それがどうしたッ」

「邪魔――でしたか」

中禪寺は顔を横に向け、月を横目で見た。

「この世の中には、あなたのように自分以外の者の死に何の感情も抱けないという人もいらっしゃるようです。しかしあなたもそうなのだと、どうも私には思えないのですがね」

月を見ていた黒衣の男は、屹度監物を見据えた。

「あなたは――幸せなのですか」

「くだらぬ。血は水よりも濃いなどと謂うが、血縁など何の役にも立たぬ。親だろうが何だろうが邪魔ならば消すだけだ」

「美冬もですか」

「ん――」

「美冬は、私の母は一体何の邪魔だったので御座いますか」

「それは」

「雪乃様はどうなのです。雪乃様を殺すことで、あなたにはどんな得があったのでしょう。娘を殺して楽しかったですか嬉しかったですか。見回して御覧なさい。あなたの周りにはもう誰も居ないではありませんか。あなたは独りだ。何十年も掛けて、何万両という金を遣って、何人となく人の命を奪って、それで築き上げたものがこれですか。悪党振りもいい加減にされよ監物殿。あなたには――」

中禪寺は監物の鼻先に曼珠沙華を突き付けた。

「何もない」

監物は――。

たじろいだ。

「あなたは母を――美冬を心底好いていたのでしょう。しかしどうしても、どうやってもその想いは通じなかった。美冬はあなたの思い通りにはならなかった。当たり前です。そんな身勝手な、そして幼稚な想いなど通ずる訳もない。あなたは美冬が邪魔だから殺した訳ではないでしょう。あなたは美冬を殺したくなどなかった筈だ。違いますか監物殿。しかしあなたは殺してしまった。そして雪乃様も――日に日に美冬に似て来る雪乃様を、美冬が生きていた唯一の証（あかし）である雪乃様を、娘を、あなたはその手で、その差料（さしりょう）で殺めたのですよ。さあ」

思い出しなさい己が殺した娘の顔を。

中禪寺は曼珠沙華を監物に投げ付けた。

監物は抜刀し、その花を斬った。真っ赤な花弁が散った。

「思い出しましたか。娘の顔を。美冬の顔を。そして——息子の顔を」

「ああ」

監物は、美冬、雪乃と呻くように言った。

そして左手で己の目を覆い、黙れと叫んで闇雲に大刀を振り上げ、振り下ろした。

狐の面が真っ二つに割れ、月光に曝された畳の上に落ちた。

監物は刀を取り落とし、両手で両眼を塞いで膝を突き、糸が切れた操り人形の如く畳の上に座り込んだ。中禪寺はその耳許に顔を寄せ、落ち着いた、低い声で言った。

「見えましたか。それが——」

幽霊です。

「ああ」

「さあ、化かし合いはお終いです上月様。来し方のあなたの所業は、私の知り得る限りを書面に書き留め、南町のお奉行様を通じて大目付様に届けられています。証は——要らない。萩之介の仕掛けた狂言に踊らされ辰巳屋近江屋が死んだこと、的場佐平次、雪乃様、そして萩之介をあなたが殺めたことが、何よりの証ですよ。旧悪を隠蔽したまま、凡てに筋を通した説明をすることは不可能でしょう。言い逃れはもう、出来ないでしょうね。旧悪は暴露される。ならばあなたには何らかの沙汰が下る。そういう仕組みに——なっています」

追って沙汰が下りましょうと言って、中禪寺は立ち上がった。

「それまで。せめて美冬と雪乃様の幽霊を見続けていることです。それがあなたにも人の心があるのだという証となりましょうや。この世に幽霊は居りませんが、人の心は幽霊を見せるので御座いますよ。上月様、呉呉も先走ってお腹などお召しになりませんよう。沙汰が下るまでは、生きて、想い人のこと娘のことを想ってあげてくださいませ。それがせめてもの——供養に御座います」

監物は畳に額を付けて、ひいひいと嗚咽を漏らした。

中禪寺は畳に散った赤い花を見下ろす。

「これは——狐花。葉を見ずに散った私の弟の花。萩之介。お前の幽霊は、私が見よう」

中禪寺はそう言うと、大きな月を見上げた。

赤い花を咥えた狐が一匹——。

跳んで月を横切った。

狐花・了

本書は書き下ろしです。

組版　紺野慎一
装幀　坂野公一（welle design）
カバー・本文写真　Adobe Stock

京極夏彦（きょうごく　なつひこ）
1963年、北海道生まれ。小説家、意匠家。94年『姑獲鳥の夏』でデビュー。『魍魎の匣』で第49回日本推理作家協会賞、『嗤う伊右衛門』で第25回泉鏡花文学賞、『覘き小平次』で第16回山本周五郎賞、『後巷説百物語』で第130回直木賞、『西巷説百物語』で第24回柴田錬三郎賞、『遠野物語remix』「えほん遠野物語」シリーズなどにより平成28年 遠野文化賞、『遠巷説百物語』で第56回吉川英治文学賞を受賞。他著に『虚実妖怪百物語 序／破／急』『虚談』『いるの いないの』『ルー＝ガルー 忌避すべき狼』『厭な小説』『死ねばいいのに』『数えずの井戸』『オジいサン』『ヒトごろし』『今昔百鬼拾遺 月』『書楼弔堂 待宵』『鵼の碑』『了巷説百物語』など多数。
公式HP「大極宮」https://www.osawa-office.co.jp/

狐花（きつねばな）　葉不見冥府路行（はもみずにあのよのみちゆき）

2024年7月26日　初版発行
2024年9月25日　3版発行

著者／京極夏彦（きょうごくなつひこ）

発行者／山下直久

発行／株式会社KADOKAWA
〒102-8177　東京都千代田区富士見2-13-3
電話　0570-002-301（ナビダイヤル）

印刷所／旭印刷株式会社

製本所／本間製本株式会社

ISBN 978-4-04-115209-6　C0093